장 선생,
1983년 9월
원주역

장 선생,
1983년 9월
원주역

원재길 장편소설

단강

원주 사람 장일순(1928~1994)의 삶에

감동하여 쓴 소설이며

모든 사건과 등장인물은 허구입니다.

차례

1장

김정옥

1

추석 전날 아침, 하늘은 여느 때보다 높고 파랬다. 막 해가 떠오르는 치악산 등성이 위쪽만 옅은 주홍색으로 곱게 물들었다. 그곳에서 동심원을 그리며 올라온 구름이 온 하늘로 부챗살처럼 시원스럽게 펼쳐졌다.

강원도 원주 거리를 오가던 이들이 고개를 한껏 뒤로 젖혔다. 걸음을 멈추고 제자리 맴을 도는 이도 있었다. 학교에 가넌 아이들이 서로 어깨를 치며 외쳤다.

"와, 저것 좀 봐!"

"진짜 멋지다. 새털구름 맞지?"

행인 가운데 김정옥이라는 여자가 있었다. 정옥은 시내 복판 중앙시장에서 곡식 도매점을 열고 쌀과 잡곡을 팔았다. 오늘따라 정옥은 하늘을 날 듯이 기분이 좋았다.

'우리 딸내미가 꽃단장할 날이 또 하루 가까워졌네.'

혼례식 날을 떠올릴 때마다 가슴이 두근거리며 코끝이 시큰거렸다. 차가운 손등을 볼에 대고 웃으며 원주역으로 들어갔다. 며칠 전에 끊어 둔 표를 내고 기차에 올랐다.

두 시간이 지났을 때 정옥은 서울 땅에 발을 내딛었다. 부지런히 청량리시장과 경동시장을 돌았다. 정옥네 가게에서 쌀과 잡곡을 보낸 곳마다 돈을 착착 내주었다.

"알곡이 아주 좋다며 찾는 사람이 많아요. 앞으로도 잘 부탁드려요."

"고맙습니다. 추석 잘 쇠세요."

정옥이 손에 든 감청색 가방은 지폐 뭉치로 묵직해졌다. 쌀 서른 가마니 값과 그만한 잡곡 값이었다. 마지막으로 정옥은 경동시장에서 약재상을 하는 오빠한테 들렀다. 오빠는 지난봄에 여동생한테서 급히 빌렸던 돈을 건네며 큰길까지 따라 나갔다.

"이자를 좀 보탰어."

여동생이 눈을 흘겼다.

"오빠도 참. 내가 오빠한테 어떻게 이자를 받아요?"

오빠는 가방을 다시 열려는 여동생 팔을 잡았다.

"조카한테 좋은 거 하나 사 줘. 그럼 다음 달에 보자."

뒷걸음으로 물러나며 덧붙였다.

"여기 은행에 돈 모두 넣고, 원주에 돌아가서 찾아."

"예, 오빠. 단양 예식장에서 뵈어요."

생각했던 것보다 일이 빨리 끝났다. 정옥은 밤늦게나 원주로 돌아가게 될 줄 알았다. 신호가 바뀐 건널목을 바로 건너지 않고, 여유를 부리며 고층건물 사이 하늘을 올려다보았다. 아침에 원주에서 본 구름이 그곳에도 떠 있었다.

'저게 새털구름인가? 내가 보기엔 양털구름 같은데?'

빙긋 웃으며 길을 건넌 정옥은 주위를 둘러보았다. 가까이 보이는 은행으로 들어갔다. 입구에서부터 차례를 기다리는 사람들로 넘쳐났다. 내일 쓸 돈을 찾는 사람들이었다.

은행 두 곳을 더 들러 보았지만 마찬가지였다.

'조심하면 별일 있겠어?'

정옥은 마음을 편히 먹고 가방 손잡이에 팔을 깊이 찔러 넣었다. 청량리역으로 돌아갔을 때는 오후 한 시였다. 표를 끊고 보니 기차를 탈 때까지 시간이 좀 남았다. 역 앞으로 나가 시계탑을 바라보며 잠자코 서 있었다.

저만치 오른쪽에 줄지어 선 식당들이 보였다. 정옥은 국수와 전을 파는 식당으로 갔다. 잔치국수를 한 그릇 시켰는데 멸치로 우려낸 국물이 아주 맛있었다. 정옥은 후룩 후루룩 목으로 국수를 넘기며 또 웃었다. 국수 차릴 일을 앞두고 국수를 먹고 있으니 참 재미있다는 생각이 들었다.

기차에 올라 자리를 잡고 앉은 정옥은 자기도 모르게 흥얼흥얼 콧노래가 나왔다. 창 쪽에 앉은 할머니가 싱긋 웃으며 정옥을 돌아보았다.

"머 좋은 일 있니껴?"

"예, 다음 달에 우리 딸이 시집가요."

"딸내미 치아 뿌마 마이 섭섭할 낀데?"

"엎어지면 코 닿을 데로 가는데요, 뭘."

"어데이껴?"

"단양이요."

"거가 산 좋고 꽃 마이 피는 덴데. 예전에 우리 집 양반이 거서 벌 쳤다 아이껴."

원주를 지나 경주까지 가는 중앙선 기차였다. 고향을 찾는 승객들이 몰려 기차 안에 발 옮겨 딛을 자리가 없었다. 입석표를 끊고 올라온 이들이 통로에서 서로 밀치며 실랑이를 벌였다.

"자, 자, 좀 들어갑시다."

"어디를 들어가요? 그냥 갑시다."

뒤늦게 화장실에 다녀오려는 이들은 개구리처럼 헤엄쳤다. 두 팔을 모았다 벌리고 나아가며 애를 써야 했다. 어른들은 소리치고 아기들은 빽빽 울고, 한참 난리를 피우더니 기차가 출발하고 얼마 지나서야 물 끼얹은 듯이 조용해졌다.

기차는 한강을 오른쪽에 끼고 철커덕 철커덕 소리를 내며 달려 경기도 구리와 덕소를 지났다. 연거푸 나타나는 터널들이 숨 가쁘게 기차를 삼켰다 토해 냈다. 저 아래로 철로와 평행선을 긋는 국도에서는 자동차들이 엉금엉금 기었다.

정옥은 줄곧 오른쪽 창으로 강을 바라보았다. 바람이 불지 않아 강물이 유리처럼 매끈하고 반들거렸다. 햇빛이 되비치는 자리만 눈부시게 반짝거렸다. 물살을 가르며 달리는 보트가 보였다. 줄 하나로 몸의 균형을 잡고 스키를 타는 사람이 뒤따랐다.

갑자기 보트가 이리저리 빠르게 방향을 틀었다. 스키를 타는 사람도 나선형을 그리며 미끄러졌다. 허공으로 붕 떠올라 한 바퀴 빙그르 돌고 물에 거꾸로 떨어졌다. 눈을 번쩍 뜬 정옥이 손으로 입을 막았다.

"어머머!"

양수리와 양평을 지난 기차는 강과 헤어져 야산을 오르내리다가 드넓은 들판으로 달려 들어갔다. 그때부터 실내로 눈을 돌린 정옥은 왠지 점점 마음이 불안해졌다. 느긋하고 편안하던 표정이 말끔히 사라졌다. 아까 콧노래를 흥얼거리던 사람과 전혀 달랐다.

정옥은 통로에 선 이들이 자꾸만 자기를 바라보는 느낌이 들었다. 그리로 고개를 돌렸다가 몇 사내와 눈이 마주쳤다. 그들은 움찔하며 눈길을 피하더니 다시 힐끗힐끗 정옥을 쳐다보았다. 정옥이 눈을 질끈 감으며 속으로 중얼거렸다.

'내가 젊고 아리따운 아가씨도 아니잖아. 왜들 쳐다보지?'

기차가 터널로 들어갔다. 기관사는 실내등 켜는 걸 깜박 잊었다. 칠흑 어둠 속에서 정옥은 윗몸을 숙이고 가방을 꼭 끌어안았다. 으으으 하고 길게 신음했다. 요란하게 덜컹이며 터널 속을 울리는 기차 바퀴소리에 신음소리가 묻혔다.

다시 햇빛이 기차 안으로 쏟아지자 정옥은 숨을 깊이 들이쉬며 한 손을 들어 이마에 댔다. 손은 얼음처럼 차가웠고 이마는 뜨거웠다. 콧등과 이마에 송송 땀이 맺혔고, 땀방울이 등골을 간질이며 굴렀다.

기차는 모든 논에서 벼가 잘 익어 가는 지평을 지나고 양동 마을을 지났다. 얼마 뒤에 천장 저쪽에서 찍찍거리는 소리가 났다. 스피커가 탁 트이며 안내 방송이 나왔다.

"다음은 원주, 원주역입니다. 내리실 승객은 미리 출입구로 나가 주시기 바랍니다."

정옥이 어깨를 파닥 떨며 눈을 바로 떴다. 곁에 앉은 할머니에게 고개를 숙여 보였다.

"안녕히 가세요."

"야. 가시더. 집안 대사 잘 치루소."

정옥은 통로로 나갔다. 그곳에 선 승객들은 정옥을 보고도 꼼짝하지 않았다. 오히려 어깨를 더욱 넓게 펴고 팔다리를 한껏 벌리는 듯했다.

"어쩌면 좋아, 내려야 하는데!"

정옥이 발을 동동 굴렀다.

다행히 굵은 목소리가 거들고 나섰다.

"자, 어서 조금씩만 물러섭시다."

정옥은 한 발 한 발 겨우 옮겨 출입구에 이르렀다. 원주역으로 들어간 기차가 멈추어 서자 드르륵 문이 열렸다. 앞에서 기차 계단을 밟고 내리던 할아버지가 발을 헛디뎠다. 몇 사람이 잇달아 외쳤다.

"잠깐만요!"

"사람이 넘어졌어요!"

부축을 받은 할아버지가 허리를 펴고 일어났다. 바닥에 떨어진 모자를 받아 도로 쓰고 지팡이를 바로 쥐었다.

"자, 자, 천천히 갑시다."

누군가 다시 외쳤다. 우뚝 서 있던 모든 승객들이 한꺼번에 움직였다. 정옥도 조심스럽게 나아갔다. 발이 겹질리거나 어디에 걸려 넘어지지 않도록 신경을 곤두세웠다. 줄곧 앞사람 뒤통수와 어깨를 바라보고 걸었다.

철길을 건너자 저만치 개표구가 보였다. 그제야 긴장이 좀 풀어진 정옥이 길게 숨을 내쉬었다.

'휴우, 이제 다 왔네.'

다른 승객들이 손에 쥔 기차표가 보였다.

'내 표가 어디 있더라? 아, 맞아. 지갑 속에 들었지.'

정옥은 지갑을 꺼내려고 앞에 든 가방 지퍼를 열었다. 그때 누군가 왼쪽 팔뚝을 거칠게 잡아챘다.

"어머, 왜 이러세요?"

정옥은 발끈하며 왼쪽을 홱 돌아보았다. 누군가 곧 팔뚝을 놓아 주었다.

다시 앞으로 얼굴을 돌린 정옥은 가방을 내려다보았다. 어깨를 파닥 떨며 비명을 질렀다.

"어머나! 어머나!"

보자기에 싸여 얌전히 놓여 있어야 할 돈뭉치가 보이지 않았다. 정옥은 가방을 거꾸로 들고 탈탈 털었다. 작은 손지갑이 하나 톡 떨어졌다.

"어머나, 큰일 났네!"

정옥은 계속 소리치며 펄쩍펄쩍 뛰었다.

"돈이, 돈이 없어졌어!"

정옥에게 눈길을 주는 사람은 아무도 없었다. 모두가 개표구 앞에서 한 줄을 만들며 서로 밀고 떠밀렸다. 그런 북새통이 또 없었다.

"이모, 여기에요, 여기!"

개표구 너머에서 승객들을 마중하러 온 사람들까지 손을 머리 위로 휘저으며 외쳐 댔다. 서로 몇 십 년 못 보고 지낸 사이 같았다.

"경선아! 여기야, 어서 나와!"

"응, 엄마! 조금만 기다려!"

"창호야! 삼촌은 어딨니?"

"뒤에서 오고 계세요!"

온몸이 바짝 얼어붙은 정옥은 제자리에 멈추어 섰다. 뒤쪽에 선 사람들이 정옥을 떠밀었다.

"아줌마, 어서 갑시다!"

정옥은 옆으로 툭 튕겨 나갔다. 입에서는 계속 같은 소리가 터져 나왔다.

"이 일을 어째! 큰일 났네! 정말 큰일 났어!"

모든 사람이 썰물처럼 개표구로 빠져 나갔다. 정옥 혼자 남아 빈 가방을 들여다보고 또 들여다보았다. 아무도 들어주는 사람 없이 중얼거렸다.

"다음 달에 우리 딸이… 결혼해요… 혼수를 장만하는 데… 쓸 돈인데요… 몽땅 잃어 버렸으니… 이 일을 어째요."

검표를 마친 역무원이 고개를 갸웃거렸다. 개표구를 지나 정옥에게 다가갔다.

"아주머니, 안 나오고 뭐 하세요?"

정옥이 소매로 눈가를 훔치며 코맹맹이 소리를 냈다.

"제가요… 소매치기를 당했거든요… 역 앞에도… 사람이 많아요?… 또 버스를 타고… 가야 해요."

정옥은 자기가 헛소리를 중얼거리는 줄도 몰랐다. 역무원이 앞쪽으로 손짓하며 정옥의 등을 살짝 밀었다.

"일단 저리로 나가세요."

역무원은 겨우 정옥을 개표구 밖으로 내보냈다. 눈 시리게 햇살이 빛나는 역 앞 광장을 가리켰다.

"저기 저 오른쪽 파출소, 그리로 가서 신고하세요."

텅 빈 가방을 품에 안고 역사를 나서 몇 발짝 걷던 정옥은 다리가 후들거렸다. 무릎이 툭 꺾이며 쪼그려 앉았다. 광장을 오가는 사람들, 택시와 버스에 오르고 내리는 모든 이들이 무척 낯빛이 밝았다. 그들이 명랑하게 주고받으며 웃는 소리가 허공을 울렸다.

어떤 사내가 찻길 쪽을 돌아보며 옆걸음으로 다가왔다.

"어이쿠."

정옥과 부딪힌 사내는 호되게 넘어질 뻔했다. 바닥을 짚었던 손을 털며 쏘아붙였다.

"이 아줌마가? 이런 데 앉아 있으면 어떡해요!"

정옥은 끙 소리를 내며 일어났다. 공중전화 부스로 발을 질질 끌며 다가갔다. 중앙시장 쌀가게로 전화를 걸었다.

"여보세요?"

소초면에서 아침 일찍 건너와 언니 대신 가게를 보고 있던 여동생 목소리였다. 정옥은 흑 하고 울음이 터졌다.

"언니? 무슨 일이야? 응? 왜 말을 못해?"

한참 소리 내어 운 정옥은 눈물을 닦고 코를 풀었다. 무슨 일이 있었는지 밭게 숨을 쉬어 가며 말했다.

"그러니까, 아이고, 내가 바보짓을 했지 뭐야. 돈을 은행에 넣지 않고, 가방에 넣어 들고, 내려왔어. 기차에서 내릴 때까지만 해도, 분명히 가방이 묵직했어. 표 내는 데로 다가가다 보니까, 별안간 돈이 없어졌지 뭐니. 이 일을 어째. 파출소로 가서 신고하라네."

여동생이 한숨을 쉬면서도 또박또박 대꾸했다.

"언니, 파출소 말고 경찰서로 가. 그게 빨라. 역 앞에 택시 타는 곳 보이지? 어서 그리로 가서 택시 잡아타."

2

정옥을 태운 택시는 곧게 뻗은 길을 십여 분 달렸다. 오거리에서 신호를 받고 왼쪽으로 돌아 쌍다리를 건넜다. 사람이 건너는 다리를 따로 만들었다가 합친 다리였다. 택시는 봉산동 원주경찰서 앞에 정옥을 내려주었다.

택시 기사는 넋이 나간 손님이 걱정되었다. 조수석 쪽 창을 내리고 외쳤다.

"기운 내고 일 잘 보세요."

정옥은 경찰서 정문 곁에 난 쪽문으로 들어갔다. 주차장 오른쪽에 민원실이 보였다. 다리를 후들거리며 주차장을 가로질러 민원실로 들어갔다. 순경 하나가 길고 높은 탁자 너머에 앉아 있었다. 머리를 짧게 친 순경은 고개를 숙이고 무언가를 들여다보았다.

정옥이 잔뜩 쉰 목소리를 냈다.

“좀 전에 소매치기를 당했거든요. 그래서 신고하러 왔어요.”

순경은 귀가 먹었는지 꿈쩍도 하지 않았다. 정옥이 두 손을 탁자 위에 올렸다.

“좀 도와줘요. 딸내미 혼수 장만할 돈을 몽땅 잃어버렸다고요.”

순경이 쳐다보지도 않은 채 천천히 종이 한 장을 집어 들었다. 탁자 위로 종이를 올려놓고 손끝으로 밀었다. 입을 조금 벌려 높낮이가 없는 목소리로 딱딱 끊어지게 말했다. 어디선가 들려오는 타자기 소리와 서로 잘 어울렸다.

“이름, 주소, 액수, 장소, 시간, 내용, 그렇게 적어…요.”

반말인지 경어인지 알 수 없었다. 정옥이 종이를 가까이 들여다보았다.

“어휴, 이걸 다 써야 해요?”

순경은 대꾸하지 않았다.

“돈 잃어버린 시간을 대충 적으면 되나요?”

한 번 닫힌 순경의 입은 다시 열리지 않았다. 대충 적으면 되겠지, 하고 정옥은 돌아섰다. 창가에 놓인 탁자 옆 의자에 앉았다. 눈에 뜨이게 떨리는 왼손으로 오른손을 찰싹 때렸다. 볼펜을 꼭 잡고 한 자 한 자 적어 나갔다. 얼떨결에 볼펜 끝에 혀를 댔다가 얼른 뗐다.

의자에서 일어난 정옥은 순경에게 돌아갔다.

“여기 있어요.”

순경의 손이 올라와 탁자에 놓인 종이를 잡아 내렸다. 정옥이 숨을 한 번 들이쉬고 내쉬는 사이에, 순경은 종이를 쓱 훑어보고

서랍을 열었다. 서랍 속에 종이를 넣고 탁 닫았다. 뒤이어 무슨 서류를 바짝 들여다보는 듯 눈을 내리떴다. 오른손 엄지와 중지로 볼펜을 빙빙 돌렸다.

마른침을 삼킨 정옥이 물었다.

"앞으로 어떻게 해야 하는지 좀 알려줘요. 네?"

순경이 낯을 살짝 찌푸렸다. 한 손을 들어 바깥 쪽으로 툭 털었다.

"집에 가서 기다리라고…"

쫓겨나듯이 경찰서를 나선 정옥은 소매치기를 당했을 때보다 한 뼘쯤 더 어깨가 내려앉았다. 실낱같은 희망이 강철 같은 절망으로 바뀌었다. 저 멀리 서쪽으로 많이 기운 해를 바라보며 찻길 건널목에 멍하니 서 있었다.

얼굴 하나가 퍼뜩 떠올랐다. 부드럽게 미소 짓는 얼굴이었다. 정옥이 지금 서 있는 봉산동에 사는 사람이었다.

정옥은 미간을 좁히며 고개를 가로저었다.

'안 돼. 벼룩도 낯짝이 있다는데, 그럴 수는 없어.'

건널목을 건넌 정옥은 걸음을 멈추었다. 지나가는 자동차들을 눈으로 좇으며 딴청을 피웠다. 두 눈을 꾹 감았다 뜨고 중얼거렸다.

"염치없지만 다른 길이 없잖아. 어서 그분을 찾아가자."

3

정옥은 원주 서북쪽에 있는 지정면 시골에서 태어났다. 어려서부터 농사짓는 부모를 거들며 지냈다. 날마다 밥 짓고 빨래하고

동생 돌보면서 새참을 만들어 논밭으로 날랐다.

스물다섯 살 때 시내에서 목수로 일하는 남자와 혼례를 치렀다. 처음 고향 마을을 떠나 봉산동에서 살기 시작했다. 원주천이라 부르는 개울 곁 봉산동의 서쪽 끝이었다. 이곳은 땅이 아주 낮아 둑 너머로 움푹 들어간 집이 많았다. 둑을 걷다가 돌멩이 하나를 발로 툭 차면 어느 집 마당에 떨어져 마루로 튀었다.

마루에서 밥을 먹던 사람들이 움찔했다. 밥상에 올라온 돌을 보고 농을 주고받았다.

“이 돌은 네가 먹어라.”

“배불러요. 아버지가 드세요.”

열두 해 전 여름에 대홍수가 났다. 하룻밤 사이에 일 미터가 넘는 장대비가 쏟아졌다. 원주뿐 아니라 주천과 영월, 정선과 태백에 이르기까지 빠짐없이 물 폭탄 맛을 보았다. 강원도 절반 아래쪽으로 멀쩡한 곳이 없었다. 어쩌면 무너질지 모른다던 곳은 모조리 무너졌고, 하늘이 두 쪽 나도 끄떡없다던 곳은 쑥대밭이 되었다.

“아이고, 마당으로 물이 마구 밀려들어오네!”

“더는 안 되겠어요! 이러다 물귀신 되겠어요!”

봉산동에서 가장 낮은 곳에 사는 주민들은 한밤에 부리나케 마을 뒤쪽으로 달아났다. 정옥네 다섯 식구도 어둠 속에서 장대비에 온몸을 얻어맞으며 집을 떠났다. 어느 누구도 숟가락 하나 챙기지 못했다. 모두가 언덕에서 발을 구르며 동틀 때를 기다렸다.

“뭐라고? 두 사람이나 못 빠져나왔다고?”

“영식이 아빠, 정희 아빠, 그렇게 둘이요. 엊저녁에 동네 사랑방에서 술을 많이 마시고 곯아떨어졌대요.”

영식이 엄마가 철퍼덕 진흙탕에 주저앉았다.

"아니고, 여보, 이게 무슨 일이래요!"

정희 엄마는 마을로 달려가려 했다. 여러 사람이 팔을 잡고 말렸다. 두 손으로 얼굴을 감싸고 주저앉은 정희 엄마는 울음을 터뜨렸다.

날이 훤해지고서야 빗줄기가 좀 가늘어졌다. 흐릿하게 마을이 눈에 들어왔다. 봉산동 앞에 흙으로 쌓은 둑이 덜덜덜 떨리다가 크게 출렁이더니 툭 터졌다. 시뻘건 개울물이 콸콸 쏟아져 들어왔다. 언덕에서 마을을 내려다보던 모든 사람들이 비명을 질렀다.

"악, 저것 좀 봐!"

개울물은 마을을 송두리째 삼켰다. 곧이어 초가지붕이 물에 쓸려 떠내려갔다. 대들보와 장롱과 뒤주가 떠올라 서로 부딪치고 뒤집히며 멀어져 갔다. 몇 백 년 된 느티나무 두 그루와 은행나무 상수리나무들이 뿌리째 뽑혀 둥둥 떠갔다. 술에 취해 자던 두 사내도 빙글빙글 돌며 하늘을 나는 악몽을 꾸면서 물에 쓸려 먼 길을 떠났다.

돼지와 개와 닭들도 물 위로 둥실 떠올랐다. 어떤 동물은 이미 죽어 뻣뻣해진 몸을 시뻘건 흙탕물에 아무렇게나 맡겼다. 어떤 동물은 산 채로 몸부림쳤다. 다리를 마구 휘저으며 흙탕물 밖으로 나오려 애썼다. 동물들의 울음이 물소리에 섞여 사람 소리를 냈다.

"꽥꽥꽥, 나 죽는다!"

"꼬꼬댁 꼬꼬, 나 좀 살려줘요!"

원주천은 비가 그친 지 사흘이 지나서야 조금씩 흐름이 늦추어졌다. 다시 사흘이 지나자 마을이 드러났다. 남아 있는 게 아무것도 없었고, 움푹 팬 웅덩이가 새로 생겼다. 위아래로 길쭉한 웅덩이 길이가 백 미터에 이르렀으며 폭은 오십 미터가 넘었다. 원자폭탄이 떨어져 핵구름이 피어올랐다가 푹 꺼진 자리 같았다.

김정옥은 남편과 세 아이와 함께 마을 뒤쪽 언덕에 생긴 천막촌에서 지냈다. 커다란 천막 숫자가 스무 동이었다. 천막 하나를 다섯 가구가 함께 썼다. 구름이 걷히며 나온 해는 야속할 만큼 눈부셨다. 여태껏 울음을 참았던 이들이 하늘을 올려다보고 눈물을 흘렸다.

"어쩜 저리도 무심하고 천연덕스럽냐."

이를 악문 사람들은 천막 사이에 긴 작대기를 세우고 줄을 띄웠다. 이불과 옷을 훌훌 털어 널었다. 방역차가 부르릉 나타나 소독약을 뿌렸다. 하얀 연기 속으로 달려 들어간 아이들이 함성을 올렸다.

"야호, 신난다!"

"야호, 재밌다!"

어떤 아이는 엄마한테 붙들려 연기 밖으로 나왔다. 엄마 손바닥에 등을 짝짝 얻어맞았다.

"철딱서니 없는 녀석아, 지금이 웃고 떠들 때니? 누나한테 가서 그릇 씻는 거 도와주지 못해?"

끼니때마다 밥 짓는 냄새가 천막촌 허공을 가득 채웠다. 슬픔과 아픔을 조금이나마 달래 주는 따뜻하고 고소한 냄새였다.

그때 김정옥은 장 선생을 처음 보았다. 봉산동에는 우물시장이라는 제법 큰 장터가 있었다. 오랜 우물을 둘러싸고 생겨난 시장이었다. 이 마을 사람들은 시내 시장까지 가지 않고 우물시장에서 야채와 고기와 생필품을 샀다. 장터를 지나 동쪽으로 좀더 올라간 곳에 장 선생 집이 있었다.

장 선생은 날마다 구호 물품을 실은 트럭을 앞세워 이재민들이 사는 천막촌에 들렀다. 정옥이 장 선생한테서 받은 첫인상은 시원스러움이었다. 코가 길고 오뚝한데, 무언가를 보고 놀란 듯 번쩍 뜬 눈은 소처럼 부리부리했다. 어찌나 크고 쫑긋한지 작은 풀벌레 소리도 놓치지 않을 귀는 꼭 당나귀 같았다.

트럭 기사는 라면과 국수와 쌀, 비누와 치약과 수건을 천막촌에 부렸다. 천막촌 사람들이 구호 물품 앞에 줄을 섰다.

"어서 고루 나누어주세요. 더 받거나 덜 받는 집이 없게요."

장 선생은 서류철을 들고 함께 온 사람더러 딱 한 번 이렇게 이르고는 멀찍이 물러섰다. 잠자코 지켜보면서 한마디 위로하는 말도 건네지 않았다. 이 모든 일을 다른 사람에게 맡겼다. 자연히 고맙다는 소리를 다른 사람이 들었다.

이따금 이재민들이 서로 주고받았다.

"저기 저 분이 누구예요?"

"장 선생이라고, 명륜동에 학교를 세운 분이에요. 요즘은 원주뿐 아니라 태백과 영월에 신협을 만드는 데 힘쓴다네요."

"신용협동조합이요? 그럼, 이 물건들은 거기서 보내오나요?"

"절반은 원동성당에서 시민들한테 기증 받아 갖고 오고요, 나머지 절반은 저 분이 자기 돈을 내어 사 온답니다."

한때 장 선생네 집안은 원주에서 셋째 가는 부자로 꼽혔다. 지금은 그 정도까지는 아니라는 말도 오갔다. 원주 사람들은 가슴 답답한 일이 생기면 덮어놓고 장 선생부터 찾는다고 했다.

"누가 무슨 얘기를 하든지 끝까지 들어주세요. 저 분한테서 당장 도움을 못 받더라도, 속을 털어놓고 나면 마음이 한결 가벼워진다지요."

정옥의 남편은 아주 솜씨가 뛰어난 목수였다. 망치와 못, 톱과 나무만 있으면 창고와 헛간 같은 것들을 한나절 만에 뚝딱 지었다. 봉산동 집 한쪽에는 연탄 광에 잇대어 지은 목공실이 있었다.

이곳도 대홍수에 쓸려 떠내려갔다. 정옥의 남편은 목숨과도 같은 연장과 작업대, 애써 모아 놓은 목재를 모조리 잃었다.

천막촌을 나선 정옥은 장 선생을 집으로 찾아갔다. 더위가 한 풀 꺾인 팔월 중순이었다.

“앞으로 먹고 살 길이 막막하답니다. 바깥양반이 목수 일을 계속할 수 있게 도와주세요.”

가을이 왔을 때, 장 선생은 정옥의 남편을 시내로 불렀다. 지학순 신부가 주교로 있는 가톨릭 원주교구에 소개해 주었다. 그 뒤로 정옥의 남편은 원주교구의 건축 일에 몸담았다. 여러 목수들과 함께 강원도 일대를 돌며 홍수에 무너진 축사와 집을 새로 지었다. 신협 사무소와 공동 구판장이 들어갈 건물도 세웠다.

그해 추위가 닥치기에 앞서 정옥네 다섯 식구는 천막촌을 떠났다. 치악산 자락에 있는 행구동으로 셋집을 얻어 들어갔다. 한때 장 선생이 포도밭을 일군 언덕에서 가까운 데였다.

정옥네 집안이 다시 벼랑에 몰린 때는 지금부터 세 해 전이었다. 정옥의 남편은 별안간 손이 떨렸다. 못 박을 때도 떨렸고 톱질할 때도 떨렸다. 밥 먹을 때도 떨렸고 멍하니 앉아 있을 때도 떨렸다. 정옥은 하루건너 남편을 집 밖으로 데리고 나갔다.

“또 가 보자고요.”

“어디로?”

“나만 따라와요.”

두 사람은 원주 지역의 병원을 두루 거쳤다. 강릉과 춘천, 충주, 대전, 서울에 있는 이름난 병원에도 가 보았다. 아무도 손이 떨리는 까닭을 알아내지 못했다. 명의로 소문난 어떤 의사는 엉뚱한 소리를 했다.

“술을 끊어야겠어요.”

남편과 함께 진료실에 들어간 정옥이 눈을 동그랗게 떴다.

"이 양반은 술을 한 방울도 못 마시는데요?"

의사가 멈칫하더니 헛기침하고 다시 말했다.

"그럼 담배라도."

이번에는 정옥의 남편이 스스로 대꾸했다.

"담배 비슷한 것도 입에 대 보지 않았습니다."

정옥의 남편은 덜덜 떨리는 손으로는 못 하나 제대로 박을 수 없었다. 결국 목수 일을 그만두었다.

얼마 뒤에 김정옥은 두 번째로 장 선생네 집에 들렀다. 편히 앉으라는데도 내처 무릎을 꿇고 있다가 더듬더듬 말했다.

"제가 요즘 자유시장 뒷골목 여관에서 방 청소를 하는데요, 거기서 받는 돈으로는 다섯 식구가 먹고 살기에 턱없이 모자랍니다."

정옥은 장 선생에게 뾰족한 수가 있으리라고는 생각하지 않았다. 오래 전에 대홍수로 집을 잃었을 때와 같았다. 그저 하소연할 데를 찾다가 발길이 그리로 가 닿았다.

장 선생이 소처럼 큰 눈을 끔벅이며 물었다.

"남편분의 형제들은 어디서 무얼 하나요?"

"저이는 고아예요. 형제부모가 없고, 서로 잘 알고 지내는 친척도 없답니다. 저는 친정에 사람이 좀 있어요. 오빠는 서울에서 자그마한 가게를 해요. 여동생이 하나 있는데, 소초면에서 남편하고 같이 농사를 지어요."

장 선생이 눈빛을 반짝였다.

"어떤 작물을 키우나요?"

"쌀농사를 주로 하고요, 콩하고 깨, 팥, 조, 수수 같은 잡곡도 키웁니다."

"그렇군요. 장사를 해 보신 적이 있나요?"

"저요? 시내 야채가게에서 삼촌을 도와 일한 적은 있어요."

"그럼 장사를 어떻게 하는지 일머리를 알겠군요. 중앙시장에 가겟자리 하나가 저렴하게 나왔어요. 쌀가게를 열려는 사람한테 소개시켜 주려는데요, 잘 생각해 보고 연락 주세요."

며칠 뒤에 정옥은 장 선생이 일러 준 빛남신협으로 갔다. 장 선생이 앞장서서 만든 신용협동조합이었다. 이곳에서 정옥을 다시 만난 장 선생이 말했다.

"먼저 신협에 조합원으로 가입하세요. 창업 대출금을 받을 수 있을 겁니다."

여동생이 보증을 선 덕분에 일이 쉽게 풀렸다. 정옥은 대출금으로 중앙시장에 쌀가게를 냈다. 농사짓는 여동생 부부가 쌀과 잡곡을 댔다.

개업식 날 가장 밝게 웃은 사람은 정옥이나 정옥의 남편이 아니었다. 장 선생은 자기 일처럼 기뻐하며 덕담을 했다.

"내년부터는 이 가게에서 농약과 화학비료를 안 치고 유기농법으로 키운 곡식을 팔아요. 모두 많이 도와주세요. 어떻게 도우면 되냐고요? 자주 들러 많이 팔아 주시는 것, 그게 바로 도와주는 길이다, 이 말입니다."

장 선생은 정옥이 원주의 여러 병원 식당과 서울 청량리에 있는 시장을 통해 좋은 값에 쌀과 잡곡을 팔게 해 주었다. 정옥의 남편은 비록 손이 떨렸지만 트럭을 운전하며 곡식 배달하는 일은 잘해 냈다.

가게는 꾸준히 장사가 잘되었다. 정옥 내외는 그 동안 아이 셋을 다 키웠고, 삼분의 일이 좀 넘게 대출금을 갚았다. 큰 딸을 시집보낼 날을 앞두고 소매치기 사건이 터졌다.

4

장 선생네는 일제 강점기 때부터 원주 시내 일산동에서 큰 집을 짓고 살았다. 이 집은 육이오 동란 때 비행기에서 떨어뜨린 폭탄에 폭삭 주저앉았다. 몇 해 지나 장 선생은 원주천 건너 봉산동으로 터를 옮겨 집을 새로 지었다. 이 집을 장 선생은 '동란 기념 가옥'이라고 불렀다.

주위의 다른 집들은 거의가 모습이 바뀌었다. 한옥을 허물고 양옥으로 짓거나 크게 손보고 고쳤다. 화장실을 집 안으로 들이고 주방을 신식으로 꾸몄다.

그러나 동란 기념 가옥은 서른 해 가까이 지나는 동안 예전과 달라진 곳이 없었다. 뒷간으로 불리는 화장실이 삐꺽거리는 나무문을 달고 마당 한쪽 구석에 그대로 서 있었다. 장독대와 우물도 마당 동쪽에서 짙푸른 이끼를 두른 채 옛 모습을 간직하고 있었다.

장 선생 부부는 일 년 열두 달 아침부터 저녁까지 사립문을 활짝 열어 놓았다. 사람이며 개와 고양이 같은 동물들이 아무 때나 마음대로 드나들었다. 집을 잘못 찾아와 구석구석 살펴보고 돌아가는 이들이 많았다. 도둑이 마음만 먹으면 하루에 열두 번이라도 물건을 들어낼 수 있었다.

골목에서 턱이 좀 높은 사립문 앞쪽으로 올라서면 안뜰이 훤히 들여다보였다. 이 집 울타리는 노간주나무였다. 나무울타리 너머로 이 집 식구들과 골목을 오가는 이들이 서로 바라볼 수 있었다. 장 선생 부부와 이웃들은 곧잘 울타리를 사이에 두고 인사를 나누었다.

"안녕하세요. 이렇게 일찍 어디 가세요?"

"손님이 오신대서 버스 터미널에 맞으러 가요."

"아버님은 몸이 좀 어떠세요?"

"많이 나아지셨어요. 요즘은 혼자서도 밥을 떠 드세요."

"어머나, 참 잘되었네요."

네모난 집 안뜰 넓이는 스무 평이 좀 더 되었다. 마로니에와 후박나무, 밤나무, 살구나무, 대추나무와 오죽이 한데 어울려 자랐다. 햇살 좋고 맑은 날에는 온갖 새들이 작은 숲을 찾아와 노래하며 즐겁게 놀았다. 참새와 굴뚝새, 딱따구리, 까치 들이었다. 가끔 원주천에서 꼬마물떼새들이 놀러왔다. 휘파람새도 들러 멋진 노래 솜씨를 뽐냈다. 낮에는 딴 데 있다가 밤이면 돌아와 나뭇가지에 앉아 쉬는 새들도 많았다.

봄여름에는 온 마당에서 풀이 바닥을 기거나 무릎 높이로 웃자랐다. 이 집 식구들은 풀 한 포기 뽑지 않고 내버려두었다. 질경이와 민들레가 많았고, 비름나물과 머위와 쑥도 볼 수 있었다. 가을에는 코스모스와 구절초, 감국과 쑥부쟁이가 하얗고 노란 꽃과 연분홍 보랏빛 꽃을 가득 달고 산들바람에 은은한 향기를 날렸다.

한 울타리 안에 앞쪽과 뒤쪽으로 집이 한 채씩 있었다. 뒤쪽 안채에서는 한때 장 선생의 부모님과 동생들이 살았다. 부모님은 모두 돌아가셨고, 동생들은 혼인하며 따로 살림을 차려 나갔다. 지금은 서울에서 공부하는 세 아들이 돌아오는 명절과 방학 때나 안채에서 사람 소리가 났다.

김정옥은 발을 질질 끌며 골목길을 걸어 장 선생네 집에 이르렀다. 사립문 오른쪽에 붙은 문패가 보였다. 장 선생 부부의 이름이 나란히 적혀 있었다. 정옥은 살며시 집 안뜰을 들여다보았다. 앞서 올 때마다 그런 생각을 했듯이, 원주에서 세 번째로 돈이 많았다는 집치고는 무척 작고 낡아 보였다.

쭈뼛거리던 정옥은 문 안쪽 마당으로 발을 들였다. 바깥채 현관 미닫이문이 절반쯤 열려 있었다. 섬돌 앞에 신문지를 잇대어 펼쳐 놓았다. 얇게 썬 호박과 가지와 붉은 고추가 가지런히 널려 있었다.

"계세요?"

정옥은 허리를 구부리고 얼굴을 앞으로 내밀며 물었다. 안에서 아무도 대꾸하지 않았다. 목청을 가다듬고 좀더 크게 말했다.

"안에 계세요?"

앞으로 두 손을 모은 정옥은 몇 발짝 더 들어갔다. 마로니에와 후박나무 사이 풀숲에서 벌레를 쫓던 검은고양이가 고개를 획 돌렸다. 고양이와 눈이 마주친 정옥이 흠칫했다. 고양이는 정옥을 빤히 쳐다보다가 다시 앞발로 풀숲을 헤쳤다.

"안에 아무도 안 계세요?"

정옥은 곧 섬돌 앞에 이르렀다. 열린 미닫이문 틈새로 사람 그림자를 찾았다. 현관에는 폭이 좁은 마루가 있었다. 정면에 보이는 방은 장 선생이 낮에 지내는 서재였다. 서재 문이 두어 뼘 열려 있었다.

"어머, 손님이 오셨나 보네."

장 선생의 아내가 혼잣말하는 소리가 들렸다. 그이는 둘째 아들이 집에 올 때 쓰는 왼쪽 방에서 마루로 나왔다. 손에 든 걸레를 잘 접어 마루 한쪽에 내려놓았다.

그이는 현관 밖에서 동그란 눈으로 쳐다보는 정옥에게 윗몸을 기울이며 다가갔다.

"안녕하세요. 가만, 누구시더라?"

"사모님, 저는 중앙시장에서 쌀가게 하는 김정옥이라고 합니다."

장 선생의 아내가 허리를 바로 펴며 웃었다.

"아, 맞아요. 난 또 누구신가 했네."

"선생님은 댁에 계시는지요?"

"예, 계세요. 어서 올라오세요."

장 선생은 서재에서 앉은뱅이책상을 앞에 놓고 책을 읽고 있었다. 인기척에 책을 덮으며 일어나 방문을 마저 열었다. 아내의 손짓을 받으며 마루를 건너오는 여인을 반가이 맞았다.

"오랜만입니다. 어서 오세요."

장 선생은 정옥에게 방석을 내주었다.

"편히 앉으세요. 가게는 잘되는지요?"

"예, 덕분에 잘되고 있습니다."

장 선생의 서재는 세 평이 될까 말까 했다. 문과 마주보는 벽 앞에 책을 산더미같이 쌓아 놓았다. 윗목에도 책이 가득했다. 그곳에도 사람이 앉을 만한 자리가 없었다. 문 앞쪽으로 서너 명이 어깨를 바짝 붙이고 앉을 공간이 남아 있었다.

방석에 앉은 정옥은 숨을 돌리며 벽에 걸린 두 노인의 사진을 바라보았다. 예전에 왔을 때도 저 사진들이 있기에 누구냐고 물어보았다. 장 선생은 자신이 존경하는 분들로 늘 가슴에 담고 산다고 했다. 한 분은 장 선생에게 세상을 올바르게 사는 길과 예법을 가르쳐 준 할아버지였다. 또 한 분은 하늘과 땅과 만물의 조화를 일깨우는 동학사상을 널리 알린 분으로 정옥은 기억하고 있었다.

윗목에 놓인 벼루와 종이 묶음이 보였다. 정옥은 장 선생이 쓴 글씨를 시내 여러 가게에서 보았다. 원주에 있는 가게에 걸린 글씨 가운데 장 선생의 글씨가 가장 많다고 들었다. 모두가 장 선생이 가게가 잘되기를 바라며 아무런 대가 없이 써 준 글씨였다.

오늘 정옥은 문득 쌀가게에서 가까운 수족관 벽에 걸린 글씨가 떠올랐다.

어머니는 끝이 없네.

정옥이 생각하기에 아마도 '사랑'을 일부러 빼고 쓴 듯했다. 오랜만에 다시 만난 장 선생 앞에서 정옥은 마음가짐을 바로하며 속으로 중얼거렸다.

'어머니의 사랑은 끝이 없네.'

장 선생과 정옥은 앉은뱅이책상을 앞에 두고 직각을 이룬 채 앉아 이야기를 나누었다. 꼭 서로 얼굴을 쳐다보지 않아도 되어 마음이 편했다. 둘 다 눈길을 책상에 놓인 책에 두었다. 가끔 상대가 아직 그곳에 있는지 확인하려는 듯이 서로 눈을 들어 쳐다보았다.

장 선생이 정옥에게 물었다.

"부군께서는 건강이 좀 어떤지요?"

"전보다 한결 좋아졌어요. 쌀 배달하는 데 아무런 문제가 없답니다."

장 선생이 고개를 끄덕이고 또 물었다.

"세 자녀들은 어디서 무얼 하지요?"

"첫째는 다음 달에 결혼하고요, 둘째는 회사에 다닙니다. 막내는 학교 마치고 기술 학원에 다니는데요, 곧 군대에 가요."

장 선생은 좀처럼 정옥이 무슨 일로 찾아왔는지 묻지 않았다. 정옥 스스로 말할 때를 잠자코 기다렸다.

문 밖 마루에서 발소리가 났다.

"잠깐 들어가요."

장 선생의 아내가 쟁반을 들고 들어왔다. 찻잔 두 개와 사과가 쟁반에 올려져 있었다. 그이는 찻잔을 두 사람 앞쪽으로 책상에 내려놓았다.

"대추차가 아주 달고 맛나요. 천천히 드시며 말씀 나누세요."

뒤이어 정옥의 오른쪽으로 물러나 앉았다. 접시를 앞에 놓고 사과를 깎았다. 두 사람의 대화에 방해가 될까 봐 한쪽 무릎을 세우고 조금 돌려 앉은 자세였다.

"잘 먹겠습니다."

정옥과 장 선생은 후후 입김을 불며 차를 한 모금 들었다. 그제야 마음이 좀 가라앉은 정옥이 말했다.

"말씀드릴 게 있습니다, 선생님."

장 선생 부부는 기다렸다는 듯이 동시에 고개를 들고 정옥을 바라보았다.

"서울에 일이 있어 아침 일찍 집을 나섰지요."

정옥은 스스로 생각하기에 놀라울 만큼 침착했다. 마치 다른 사람의 일을 대신 전하러 온 사람 같았다. 오늘 있었던 일을 시간 순서대로 털어놓았다. 원주역에서 기차를 탈 때부터 청량리역 건너에 있는 시장 두 곳을 돌 때까지는 무척 운수가 좋은 날의 일기 같은 느낌을 물씬 풍겼다.

원주로 돌아오는 기차가 양평을 지나며 정옥의 이야기는 가파르게 절정으로 올라갔다. 끝내 고비를 못 넘기고 벼랑에서 비극으로 곤두박질쳤다.

"설마 그런 일이 벌어지리라고는 꿈에도 생각지 못했답니다."

이야기를 듣는 동안 장 선생 부부의 눈이 점점 커졌다. 둘 다 소리 나지 않게 몇 번 숨을 나누어 길게 내쉬었다.

정옥은 이야기를 마치고서야 새삼 쿵쿵 가슴이 뛰기 시작했다. 금세 얼굴이 벌게졌고 입술은 푸른빛을 띠었다. 머리칼 몇 올이 이마를 타고 아무렇게나 길게 내려왔다.

찻잔을 내려다보며 눈을 끔벅이던 장 선생이 얼굴을 들었다. 보일 듯 말 듯 고개를 끄덕이며 말했다.

"그런 일이 있었군요."

세 사람 사이에서 한참 숨 막히는 침묵이 흘렀다.

장 선생이 정옥을 똑바로 바라보고 차분한 목소리로 말했다.

"제가 도울 길이 있나 알아보겠습니다."

2장

박영수

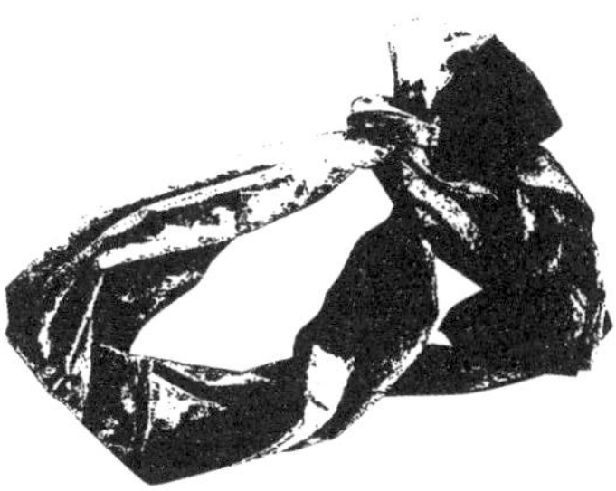

5

박영수는 무척 덩치가 좋고 다부지게 생긴 젊은이였다. 어깨가 떡 벌어졌으며 목과 머리 둘레가 비슷했다. 돌처럼 단단한 근육이 온몸을 덮었고, 팔다리뼈가 유난히 굵어 통뼈로 불렸다.

영수는 유도와 씨름처럼 서로 맞잡고 기술을 겨루는 운동을 아주 잘했다. 학교 다닐 때 전국대회에 나가 탄 상을 꼽으려면 열 손가락에 발가락 몇 개가 더 있어야 했다. 원주에서 학교에 다니며 박영수라는 이름 석 자를 모르는 아이가 없었다.

어느 해 추석 때 서울 장충체육관에서 전국 씨름대회가 열렸다. 영수는 학생부 씨름대회 결승에 올랐다. 티브이 방송에서 이 시합을 생중계했다. 원주 학생 거의가 티브이 앞에 앉아 땀을 쥔 손을 흔들며 소리쳤다.

"박영수! 박영수!"

"잘해라! 이겨라!"

티브이가 있는 곳이면 어디든지 사람들이 구름떼처럼 몰려들었다.

"재가 우리 원주 아이라지?"

"그렇다네. 기술이 뛰어나고 힘이 장사래."

원주의 명예를 걸머진 박영수는 상대 선수와 서로 샅바를 잡고 기역자로 허리를 구부렸다. 심판이 두 선수의 등을 손바닥으로 탁 치며 삑 하고 호루라기를 불면서 시합이 시작되었다. 두 선수는 황소들이 뿔을 대고 싸우듯이 모래판 위를 느릿느릿 돌았다.

잠깐 딴 생각이 영수의 머릿속으로 날아들었다.

'친구들하고 치악산 오르는 날이 언제지? 이번 주 일요일? 다음 주?'

바로 그 순간 상대 선수가 오금당기기 기술을 걸었다. 여느 씨름 선수처럼 영수도 이보다 더 모욕감을 주는 기술을 없다고 믿었다. 눈 깜짝할 사이에 엉덩방아를 찧고 벌게진 낯으로 중얼거렸다.

"어휴, 이게 무슨 꼴이람!"

그 소리가 티브이 방송에 그대로 나왔다. 그 뒤로 한동안 원주 사람들은 아무 데서나 그 소리를 주고받으며 배꼽을 잡고 웃었다.

"이봐, 도대체 그게 무슨 꼴인가!"

"어휴, 이게 무슨 꼴인지 알 수가 없네!"

박영수는 장 선생이 세운 학교를 나왔다. 중학생 때는 장 선생한테서 국사와 영어를 배웠다. 학교 안팎에서 영수는 친구들과 무척 사이가 좋았다. 영수가 길을 걸어가면 꼭 친구 서넛이 달라붙었다. 어떤 때는 친구들이 양쪽에서 영수의 겨드랑이에 팔을 깊이 넣어 어깨동무를 했다. 제대로 걸음을 옮기기 힘든 영수는 아예 허공에 두 발을 띄우고 붕 날았다.

학년이 바뀔 때마다 영수는 선거에서 큰 표 차이로 반장이 되었다. 두 번은 모든 표를 영수가 받았다. 후보자로 나온 다른 아이들마저 영수에게 표를 주었다는 얘기였다.

영수네 반은 늘 수업 분위기가 좋았고 책상과 교실 바닥이 눈부시게 반짝거렸다. 전교에서 청소 검사를 하던 날, 교감이 교실 구석구석을 살피며 감탄했다.

"깨끗해. 정말 청소를 잘했어."

씩 웃으며 덧붙였다.

"하지만 여기는 틀림없이 놓쳤을걸."

교감은 교단에 의자를 놓고 올라섰다. 손을 들어 칠판 위쪽을 손끝으로 길게 훑었다. 아무 것도 묻지 않은 손끝을 뚫어지게 들여다보며 고개를 갸웃거렸다.

"말도 안 돼. 이거는 좀 심하지 않아?"

곧잘 교무실에서 교사들은 영수를 칭찬했다.

"아주 듬직하고 믿음직스러워요."

"무슨 일을 시켜도 똑소리나게 잘해요."

장 선생이 한마디 거들었다.

"참 곱고 맑은 아이에요. 여러 면에서 어른들보다 나아요."

박영수가 기억하는 장 선생은 젊었을 때와 나이 들었을 때가 많이 달랐다. 젊었을 때 장 선생은 무척 엄격하고 까다로운 사람이었다. 곡선보다는 직선에 가까웠고, 열정과 의욕이 넘쳐 늘 눈빛이 이글거렸다. 다른 아이들을 괴롭히는 아이를 봤다 하면 불러 세우고 빰을 철썩철썩 때렸다. 보도에서 아이들을 엎드려뻗치게 해 놓고 몽둥이로 엉덩이를 때리는 일도 잦았다.

특히 장 선생은 아이들이 공부를 게을리 하면 불같이 화를 냈다. 어느 날 국사 시간에 장 선생은 몇 번 주의를 주었다.

"모두 한눈팔지 말고 교과서 들여다봐라."

아이들은 잠깐 조용하다가는 다시 속닥거렸다.

"너희가 학교 가서 이러는 걸 부모님께서 아시면 얼마나 속이 상하시겠니?"

장 선생이 맨 앞에 놓인 책상에 올라서며 종아리를 걷었다.

"모두가 내 잘못이다. 한 사람씩 나와 이 회초리로 내 종아리를 때려라. 반장, 너부터 시작해라."

반장인 영수가 나가 회초리를 들었다. 감히 어떻게 선생님을 때리겠느냐 하는 마음에 회초리로 장 선생의 종아리를 톡 건드렸다.

"너, 안되겠구나."

장 선생이 책상에서 내려와 회초리를 받아들었다.

"네가 책상에 올라가 종아리를 걷어라."

장 선생은 영수의 종아리를 힘껏 때렸다. 영수가 으윽 하고 신음하며 무릎을 꺾고 종아리를 두 손으로 감쌌다.

"자, 모두 보았지? 이렇게 때리지 않으면 나한테 곱절로 맞는다."

다시 장 선생이 책상에 올라섰다. 영수는 입술을 깨물며 장 선생의 종아리를 세게 때렸다. 뒤이어 일흔 명에 이르는 아이들이 차례로 나가 똑같이 회초리를 잡았다. 일흔 번에 걸쳐 짝 소리를 낸 장 선생의 종아리 빛깔이 시퍼렇게 바뀌더니 핏물이 흘렀다.

장 선생이 책상에서 내려와 다리를 절뚝이며 교실 문으로 향했다.

"나 대신 반장이 종례를 하고 아이들을 집에 보내라."

이튿날 아침에 아이들은 창밖을 내다보며 입을 벌렸다.

"어, 저기 좀 봐!"

"선생님이 리어카를 타고 오셔!"

장 선생은 종아리가 퉁퉁 붓고 후끈거려 한 발짝도 걸을 수 없었다. 이웃집 사람이 끄는 리어카를 타고 운동장을 건너왔다.

박영수가 중학교 3학년에 다닐 때, 전국에서 민의원 선거가 치러졌다. 영수는 새삼스럽게 장 선생이 얼마나 목소리가 우렁차고 용감한 사람인지 깨달았다. 선거에 출마한 장 선생은 다른 후보들과 함께 시공관 극장에서 연설을 했다. 영수는 이 장면을 보려고 점심시간에 학교 담을 넘어 극장으로 달려갔다.

연단에 오른 장 선생이 주먹을 쥐고 힘차게 흔들며 외쳤다.

“우리가 소련과 미국의 간섭을 받지 않고 완전한 독립을 이룬 나라로 나아가야 하지 않겠습니까? 여러분, 그러려면 반드시 남북한이 평화롭게 서로 합해야 합니다! 그래서 어느 진영에도 속하지 않는 중립국을 만들어야 합니다!”

이승만이 이끄는 정부에서는 탱크와 전투기를 앞세워 북한을 무찔러 통일을 이루어야 한다고 주장하던 때였다. 폭력을 거부하고 평화를 앞세우는 장 선생의 주장은 얼핏 북한의 주장과 비슷하게 들렸다. 연설을 듣던 청중이 잇달아 소리쳤다.

“그건 빨갱이들이나 하는 소리야!”

“당신, 여기서 얼쩡거리지 말고 어서 북쪽으로 넘어가!”

이듬해 일본 육사를 나온 육군 소장이 선글라스를 끼고 다리를 쩍 벌렸다. 뒷목에 잔뜩 힘을 준 채 탱크를 앞세워 군대를 몰고 쿠데타를 일으켰다. 그는 국민 앞에서 ‘저는’이 아니라 ‘나는’이라는 말로 연설을 시작했다.

쿠데타 사흘째 되던 날, 집으로 들이닥친 군인들은 장 선생의 팔을 뒤로 꺾었다.

“뭡니까? 왜 이러세요?”

“닥쳐, 빨갱이 새끼야!”

지난해 선거 때 연설한 내용이 빌미가 되었다. 북한의 통일론을 따랐다는 죄목으로 붙들린 장 선생은 차에 실려가면서 호송하는 군인의 팔꿈치와 주먹에 얻어맞아 눈두덩이 찢어지고 코피가 터졌다. 서울 서대문 교도소에 갇혀 지내며 재판을 받았다.

영수는 일주일에 두 번씩 장 선생의 아내가 서울에 다녀온다는 소문을 들었다. 어느 날 아침 일찍 원주역에 가서 그이를 만났다. 갓난아기를 업고 기저귀 가방을 든 채 대합실에서 기차를 기다리고 있었다.

"사모님, 선생님을 뵙고 싶습니다. 저를 데려가 주세요."

"학생 이름이 뭐지?"

"박영수라고 합니다."

"전할 말 있으면 하고, 어서 학교에 가."

원주 사람 거의가 장 선생을 빨갱이라고 부르고 가족들에게 손가락질하던 때였다. 장 선생의 아내가 주위를 살피며 영수에게 목소리를 한껏 낮추고 덧붙였다.

"누가 보면 학생한테 좋지 않아."

그이는 영수에게 무언가라도 주고 싶어 가방을 뒤졌다. 아무것도 나오지 않자 멋쩍게 웃었다. 손을 살짝 들어 흔들며 빨리 가라고 재촉했다. 바로 그날 장 선생은 재판에서 칠 년 징역형을 선고 받았다.

6

박영수는 고등학교를 졸업한 해 봄에 날마다 행구동 언덕에 올랐다. 지난겨울 세 해 가까이 감옥살이를 하다 감형되어 나온 장 선생은 그곳에서 포도 농사를 지었다. 영수는 퇴비를 날라 고루 뿌리고 죽은 가지를 자르며 장 선생을 도왔다.

"너는 가서 네 일을 보지 그러니?"

"몇 군데 원서를 내고 기다리는 중입니다."

그게 보름이 지나고 한 달이 지났다.

장 선생은 열흘마다 영수의 손에 얼마씩 돈을 쥐어 주었다.

"선생님, 제가 좋아서 하는 일입니다. 이 돈을 안 받으면 안 되겠습니까?"

"그러면 내 마음이 좋지 않잖니. 네가 아니라 나를 위해 받으라는 얘기다."

영수는 학교에서 대할 때와 달리 장 선생의 표정이 한결 누그러지고 목소리가 느려졌다는 것을 알았다. 다른 사람인가 싶어 몇 번이나 쳐다볼 때도 있었다. 영수가 묻지도 않았는데 장 선생이 혼잣말하듯이 중얼거렸다.

"예전에는 덮어놓고 물을 거슬러 올라가려고만 했어. 근데 그게 언제나 꼭 옳은 건 아니더라고. 사람이 때로는 물을 따라 흐를 줄도 알아야 한단 말이지."

어느 날에도 두 사람은 나란히 서서 한나절 포도나무 가지를 쳤다. 원두막 그늘에서 쉴 때 장 선생이 물었다.

"너는 형제가 몇이니?"

"모두 넷입니다. 제가 둘째지요."

"형제들 사이에 우의가 좋아?"

"좋을 때는 좋은데요, 음식을 놓고 다툴 때가 많습니다."

"고루 나누어 먹으면 별 일 없지 않겠어? 저마다 자기가 더 많이 먹으려고 하니까 다투는 거지."

장 선생은 이야기를 하나 들려주었다.

"내가 소학교에 다닐 때, 누님은 서울에서 학교에 다녔어. 명절

때 누님이 바로 내려오지 못할 때가 많았지. 명절에 고기와 떡과 여러 음식을 차렸다가 남으면 다락에 올려 두잖니. 그러면 우리 형제들은 어머니한테 떼를 썼어. '어머니, 저 맛있는 음식 좀 주세요.' 어머니께서 하시는 말씀이 이래. '객지에 나가 있는 누나가 오면 그때 같이 먹자.' 우리는 어머니 말씀을 안 듣고, 몰래 다락에 올라가 음식을 훔쳐 먹었어."

귀를 쫑긋 세우고 쳐다보는 영수에게 장 선생이 덧붙여 말했다.

"어머니한테 딱 걸렸는데, 그러시더라고. '다섯 손가락을 깨물어 봐라. 안 아픈 손가락이 있는지.' 어머니의 사랑은 그런 거란다. 자식들에게 공평하게 나누어 먹이고 싶은 마음이란 말이지. 그 마음을 우리가 알아야 해. 그러면 서로 다툴 일이 없어."

봄볕이 꽤나 따가운 날, 일꾼 여럿이 와서 포도밭 둘레에 고랑을 파는 일을 했다. 워낙 돌이 많이 섞인 땅이었다. 돌을 골라내며 삽질하고 괭이질하느라 하나같이 땀범벅이 되었다.

새참 때가 되어 모두 원두막에 올라앉았다. 국수가 왔는데 한 그릇이 모자랐다. 장 선생이 허둥대며 원두막을 떠나면서 영수에게 말했다.

"내 정신 좀 봐라. 집에 무얼 놓고 왔지 뭐니. 모두 잘 드시게 하고, 저기 저 샘에서 시원한 물도 떠다 드리고 그래라."

포도나무에 웃거름을 준 날, 영수는 장 선생과 함께 샘터에 갔다. 영수가 슬며시 웃으며 물었다.

"앞서 새참으로 국수가 나온 날 있지 않습니까. 선생님, 그때 어디에 다녀오셨는지요?"

"어디긴 어디. 집에 다녀왔지."

"실은 제가 저 언덕에 올라갔다가 다 보았습니다. 저기 저 아랫집에 가셔서 그 집 주인하고 얘기를 나누시더군요."

장 선생이 고개를 뒤로 젖히고 큰소리로 하하하 웃었다.

두 사람은 샘물을 떠 목을 축이고, 곁에 선 소나무 그늘로 들어가 앉았다. 장 선생이 새들이 나는 하늘을 올려다보았다.

"옛날에 까치가 얼어죽을 만큼 추운 날, 머슴이 주인 방에 들어가 아침 인사를 했어. '편히 주무셨습니까?' 주인이 대꾸해. '그래, 잘 잤네. 오늘은 날이 따뜻하지?' 머슴이 목을 움츠리며 말해. '아닙니다. 무척 추운 날입니다.' 주인이 아랫목에 손바닥을 대 보며 고개를 흔들어. '뭐가 춥다는 거야? 이리 따뜻하구먼.'"

"주인이 배부르면 종 배고픈 줄 모른다는 속담이 생각납니다."

"그래, 바로 그거야. 요즘은 종이며 머슴이며 주인 같은 말을 안 쓰는 세상이 되었지. 하지만 실제로 어디 그런가? 사람들 사이가 예전과 크게 달라지지 않았다고 봐야지. 일꾼을 부리는 사람한테도 인간으로서 꼭 지켜야 할 게 있는 법이야. 그게 무언지 아니?"

영수가 고개를 갸웃했고, 장 선생이 스스로 답했다.

"일꾼이 밥은 제대로 먹었는지, 날씨에 맞게 옷을 입었는지, 집에 있는 식구들은 안 굶고 지내는지, 그런 것들을 모두 헤아릴 줄 알아야 해. 그게 너나없이 좋다며 받드는 민주주의이고 평등한 세상 아니겠는가."

7

그해 가을에 영수는 군복을 입었다. 세 해가 지나 제대했을 때, 전혀 다른 사람이 돼 있었다. 그동안 부대를 둘러친 철조망 안쪽에서 무슨 일이 있었는지는 아무에게도 말하지 않았다. 고참들을 두들겨 팬 일로 뻰찔나게 영창을 드나들었다는 것 정도가 면회하러 갔다가 허탕치고 돌아온 친구들을 통해 알려져 있었다.

영수는 군대에 가기 전까지 어느 누구에게 손가락 하나 대지 않았다. 누가 성미를 건드리면 주먹을 그러쥐고는 한 번 참고 두 번 참고 세 번 참았다. 그렇게 딱 세 번까지만 참으면 상대가 스스로 겁먹고 물러났다.

친구들이 저들끼리 있는 자리에서 주고받았다.

"오죽 못되게 굴었으면 두들겨 맞았을까."

"그러게 말이야. 재 성격에 오죽했으면 두들겨 팼을까."

원주로 돌아온 영수는 온종일 잠을 잤다. 땅거미가 내릴 때 일어나 주섬주섬 옷을 챙겨 입었다. 어머니가 걱정하며 물었다.

"날이 밝을 때 나다니지 그러니?"

"제가 알아서 할게요."

"상 차려 놓았어. 한 술 뜨고 나가."

"나중에 먹을게요."

어느 날 밤에 영수는 우산동 버스터미널 뒤쪽으로 갔다. 숯불구이 집에서 친구를 만나 술을 마셨다. 옆자리에 앉은 사내들은 콧등만 빼고 온몸에 문신이 덮여 있었다. 한눈에 조직폭력배임을 알 수 있었다. 이들은 줄곧 육두문자를 섞어 시끄럽게 떠들었다.

"아니, 그런 개 같은 새끼를 그냥 놔두었어? 모가지를 확 잡아 비틀던가, 시멘트 바닥에 얼굴을 갈아 버렸어야지!"

다른 손님들은 눈치만 볼 뿐이었다. 아무도 그들에게 좀 조용히 하라는 말을 못했다. 어떤 손님들은 기껏 먹음직스레 구워 놓은 고기를 놔두고 슬며시 일어나 사라졌다.

주인도 일부러 눈길을 피하며 그들을 내버려두었다. 그들이 부르면 쌩 달려갔고, 무얼 갖고 오라면 냅다 갖다 바쳤다. 주인이 그들에게 대꾸한 말을 한데 모아 보면 힘찬 응원 구호 같았다.

"녜! 예! 녜! 예!"

그들은 갈수록 더욱 시끄럽게 목소리를 높였다. 나중에는 욕이 문장의 절반을 넘었다. 나머지 말은 도대체 무슨 소리인지 전혀 알아들을 수 없었다.

"…이 …하면 …이고 …를 …해서 …자!"

그들 가운데 하나가 소주병을 들어 냅다 바닥에 떨어뜨려 박살 냈다. 팔뚝에 불독 문신을 한 사내였다. 얼굴과 목과 팔뚝에 살이 투실투실하게 쪄서 진짜 불독 같았다.

병조각과 소주가 영수의 바지에 튀었다. 영수가 불독 쪽으로 고개를 돌리고 말했다.

"어서 와서 핥아먹어라, 허풍쟁이 불독아."

불독이 영수를 쳐다보고 눈을 끔벅거렸다. 불독 앞에 왜 허풍쟁이가 붙었는지 전혀 모르겠다는 얼굴이었다.

"야, 너, 개뼈다귀같이 생긴 놈, 지금 나한테 한 소리냐?"

"이곳에 너 말고 불독이 또 있냐? 다른 손님들 생각도 해 가며 지껄여라, 이 못된 자식아."

그 다음부터는 모든 일이 번개처럼 이루어졌다. 촬영해 놓았다가 슬로비디오로 보지 않고서는 어떻게 일이 벌어지고 끝났는지 알기 어려웠다. 술집 한복판 허공에 매달린 전등이 외눈으로 생생하게 목격한 장면은 이러했다.

"이 새끼가 정말!"

불독이 다른 소주병을 잡아 높이 들었다. 벌떡 일어난 불독은 영수의 머리를 겨누고 소주병을 힘껏 내렸다. 영수는 소주병을 피하며 불독의 멱살을 잡고 뒷다리를 걸었다. 몸무게로 미루어 보건대 한 번도 붕 날아 보지 못했을 불독은 저 멀리 날아갔다. 탁 소리를 내며 벽에 뒤통수를 부딪치고 기절했다.

"이놈이 죽으려고 기를 쓰네?"

팔뚝에 독수리 문신을 한 사내가 칼을 뽑아 들었다. 독수리는 날개를 퍼덕거리며 영수에게 달려들었고, 영수는 아직 따지 않은 소주병을 들었다. 칼을 쥔 독수리의 손목을 내리쳐, 재생하기 힘든 복합골절 수준으로 손목뼈를 부러뜨렸다.

"너 이 새끼, 오늘 잘 만났다!"

또 다른 사내 둘이 버럭 소리치며 영수에게 달려들었다. 영수는 탁자 세 개를 잇달아 밟고 허공을 가로질러 술집 앞으로 나갔다. 두 사내가 술집에서 뛰쳐나가 영수와 맞섰다.

처음부터 둘은 영수의 상대가 되지 못했다. 안다리 걸기와 뒤로 뒤집기 기술에 호되게 나가떨어져 기절했다. 고막이 떨어지도록 욕하고 외쳐 대던 네 사내가 완벽한 침묵에 빠져들기까지 걸린 시간은 일이 분밖에 되지 않았다.

이튿날 아침 늦도록 집에서 잠을 자던 영수는 손발이 밧줄에 묶이는 꿈을 꾸었다. 눈을 떠 보니 꿈이 아니었다. 여러 사내가 천으로 영수의 눈을 가리고 입에 청색 테이프를 붙였다. 영수를 자루에 담아 짊어지고 날랐다.

자루에서 풀려나 보니 붉은빛이 도는 어두침침한 룸살롱이었다. 복판에 기다란 탁자를 두고 ㄷ자로 소파가 놓여 있었다. 소파 가운데 앉은 이는 원주에서 알아주는 조직폭력배 쇠스랑 파의 보스였다. 강원도 고성 미시령의 화전민 출신이라는 그이의 별명이 쇠스랑이었다.

쇠스랑이 탁자 맞은쪽 바닥에 무릎 꿇린 영수에게 흙냄새 나는 탁한 목소리로 물었다.

"내가 너를 어떻게 하면 좋겠니? 잘못을 저질렀으니 벌을 받아야겠지?"

영수는 자루에 갇혀 그곳에 오느라 몸속에 산소가 모자랐다. 쾌쾌하면서 비릿한 지하 룸살롱 냄새나마 실컷 들이켜려고 숨을 몰아쉬며 대꾸했다.

"나는 잘못한 게 없으니까, 집에 돌려보내 주시오. 잠을 좀더, 자야겠소."

쇠스랑이 어허 이놈 좀 보게, 하는 표정을 지었다. 뚜둑, 손가락 마디 꺾는 소리를 내려고 깍지를 꼈다가 아무런 소리가 나지 않자 슬쩍 탁자 밑으로 두 손을 내렸다. 양주 한 잔을 단숨에 들이켠 다음 포도를 껍질째 씹으며, 복화술사처럼 입을 다문 채 말했다.

"하나는 내 밑에서 일하는 거고, 또 하나는 열 손가락이 없어진 채 여기서 나가는 거다. 네가 골라라."

부하가 앙증맞게 생긴 작두를 탁자 위에 올려놓았다. 떡을 썰기에는 너무 작은 작두였다. 손가락을 망가뜨리는 데만 쓰고자 일부러 주문해 만든 듯했다. 날카로운 작둣날에 검붉은 핏자국이 있었다.

영수가 쇠스랑을 겨누고 침을 탁 뱉었다.

"사람을 잘못 보았소. 어서 내보내 주는 게 신상에 좋을 거요."

쇠스랑의 눈에서 불꽃이 타다닥 튀었다. 오른손을 들어 검지를 세워 보였다. 영수 양쪽에 선 사내 둘이 밧줄에 손목이 묶인 영수의 손을 잡았다. 뒤쪽에 선 사내는 영수의 혁대를 잡아 일으켜 세웠다. 영수의 오른손 검지가 작둣날 위에 놓였다. 작두 손잡이를 잡아 올린 사내가 얍 하고 기합을 넣었다.

영수는 검지 하나를 잃었고, 쇠스랑 파에 들어갔다. 나머지 손가락 아홉 개를 살리기 위해서였다. 그날로 영수는 '까치독사'라는 별명을 얻었다. 칠점사라고도 불리는 이 독사한테 물리면 일곱 발짝을 못 걷고 쓰러져 죽는다고 했다.

까치독사는 날마다 트럭을 몰고 술집을 돌며 소주와 양주와 맥주를 공급했다. 연거푸 시중드는 아가씨를 바꾸어 달라며 떼를 쓰거나, 안주가 부실하다는 둥 양주가 가짜라는 둥 온갖 트집을 부리며 술값을 안 내고 난동을 부리는 손님을 손보러 가끔 트럭을 떠났다. 가죽장갑을 낀 손에 쇠사슬을 감고 룸살롱으로 들어가 힘을 보탰다.

이런 일을 영수는 다섯 해 동안 했다. 중간에 한 해는 중간 보스의 죄 값을 대신 치르느라 감옥에 갇혀 지냈다.

출소하는 날, 영수의 통장에 목돈이 들어왔다. 중간 보스가 영수의 어깨를 툭 쳤다.

"애썼다. 몸에 좋은 거 사 먹어라."

외톨이 영수는 거의 입을 열지 않았다. 틈날 때마다 주먹으로 벽을 쳤다. 영수가 많은 시간을 보내는 창고 벽에는 핏자국이 배었다. 걸핏하면 벙어리라며 영수를 놀리는 이가 영수의 팔뚝을 손가락으로 쿡 찔렀다.

"어이, 말을 못하는 거야? 안 하는 거야?"

영수는 굳은살이 박인 주먹을 들었다. 주먹으로 맥주병 여러 개를 잇달아 쳐 박살냈다. 주먹에서 피 한 방울 나오지 않았다.

상대가 움찔하고 물러나며 절레절레 고개를 흔들었다.

"너한테 물렸다가는 일곱 발짝이 아니라 한 발짝도 못 걷고 쓰러지겠다."

영수는 월급을 받는 대로 꼬박꼬박 어머니 통장에 모조리 넣었다. 자기는 먹고 잘 데가 있기에 따로 한 푼도 떼어놓지 않았다. 어머니와 동생들하고는 연락을 안 하고 지냈다. 길에서 우연히 만나면 모르는 척하고 잰걸음으로 지나쳤다.

"오빠, 나 좀 봐. 잠깐 얘기 좀 해."

여동생이 한참 오빠를 쫓다가 멈추어 서서 허리를 구부리고 숨을 몰아쉬었다. 여동생의 목소리가 영수의 귓가에 울렸다.

"너무해, 오빠."

8

박영수의 나이 스물여덟 살 때, 한낮에 일보러 시내에 갔다가 장 선생과 딱 마주쳤다. 장 선생은 제자를 금세 알아보았다.

"영수야, 이 녀석아."

활짝 웃으며 두 팔을 벌렸다.

"그동안 잘 지냈니?"

영수는 얼떨결에 장 선생의 품에 안겼다. 영수의 가슴속에서 무언가 훅 하고 올라왔다. 오가는 사람들이 많은 곳이었다. 영수는 어깨를 들썩이며 소리 없이 울었다.

장 선생은 영수에게 무슨 일이냐고 묻지 않았다. 그지 가만히 영수를 안고 있었다. 영수의 울음이 잦아들었을 때 포옹을 풀었다. 고개를 숙이고 앞으로 모은 영수의 손을 왼손으로 잡았다. 오른손은 영수의 어깨에 올리고 얼굴을 가까이 들여다보며 말했다.

"내일 점심때 시간 있니?"

영수가 고개를 끄덕거렸다.

"그럼 저기 저 다방으로 오너라."

영수는 다음날 장 선생을 다시 만났다. 두 사람은 몇 가지 이야기를 나눈 뒤에 가까운 식당으로 자리를 옮겼다. 멸치 육수가 아주 잘 우러났고 면발이 무척 쫄깃한 칼국수로 점심을 들었다.

그날 밤 영수는 당장 입을 옷이 든 가방을 들고 숙소를 빠져나갔다. 원주역으로 가서 기차를 타고 태백으로 갔다. 장 선생이 지난해에 원주에서 보낸 이들이 기차역에서 영수를 반갑게 맞았다.

"박영수 씨, 어서 와요."

"장 선생님한테 말씀 들었어요. 우리 함께 잘해 봅시다."

태백 광산에서 일하는 광부들이 이십만 명이었다. 이들은 일이 고되기도 하거니와 앞날에 대한 희망이 없었다. 봉급을 받는 대로 화투판과 유흥업소에서 탕진하는 이들이 많았다. 그러다가 사채에 손을 대는 순간 수렁에 빠져들었다. 어떤 사채는 다섯 달 이자가 원금보다 많았다.

영수는 이곳에서 광산 신용협동조합을 만드는 데 힘을 보탰다. 광부들은 이 조합에 가입하는 순간 조합의 고객이 아니라 주인이 되었다. 조합에서 싼 이자로 빌린 돈으로 사채를 조금씩 갚아 나갔다.

광산 신협에서는 원주와 서울에서 도매금으로 물건을 받아 공동 구판장을 운영했다. 이전까지 광산 매점과 지역 상점에서 값비싼 물건을 사 쓰던 광부들은 구판장으로 발길을 돌렸다. 자연히 돈을 많이 아끼게 되었고, 갈수록 사채를 모두 갚고 저축하는 이들이 늘어났다. 휴가 때 고향에 가서 논밭과 소와 돼지 같은 가축을 사 놓고 오는 이들까지 생겨났다.

사채업자들 가운데는 광부들의 가족을 위협하며 빚 독촉을 하는 이들이 있었다. 영수는 증거를 모아 이들을 경찰에 고발해 법정에 세웠다. 얼마 뒤에 밤거리에서 사채업자를 돕는 주먹들이 영수의 앞을 막아섰다.

"무슨 일이시죠?"

"잔말 말고 따라와."

영수는 태백산 당골로 가서 주먹 다섯과 맞붙어 싸웠다. 모든 주먹들이 입으로 요상한 회오리바람 소리를 내며 쇠막대기와 칼과 쌍절곤을 휘두르더니, 한두 바퀴씩 허공을 돌고 쿵 소리를 내며 맨땅에 떨어져 잠들었다. 그 뒤로 다시는 영수한테 다가가지 않았다.

지난겨울 빛남신협은 원주 시내 한복판에 새로 지은 건물로 들어갔다. 그때 영수는 몸이 아픈 어머니를 곁에서 모시려고 원주로 돌아왔고, 빛남신협에서 일하기 시작했다. 태백으로 떠난 지 열 해 만이었다. 그 사이에 영수는 예전처럼 밝고 씩씩한 모습으로 돌아가 있었다.

장 선생은 여럿이 함께 있는 자리에서 영수 얘기를 했다. 영수가 학교에 다닐 때 입에 올렸던 말과 비슷했다.

"사람이 참 맑고 고와요. 저런 사람은 탁한 물로 흘러 들어가더라도 반드시 되돌아 나오지요."

9

추석 다음날 봉산동에 아침이 밝았다. 눈부신 달이 하늘 복판을 가로지른 간밤에는 줄곧 바람이 거세게 휘몰아쳤다. 나뭇가지들이 정신없이 흔들리며 서로 딱딱 부딪쳐 부러졌다. 갈색으로 물들어 가던 잎사귀들이 후드득 떨어져 어지럽게 날렸다. 길가와 개울둑 풀들은 밤새 허리가 부러지도록 춤을 추었다.

동이 트기 무섭게 바람이 잦아들었다. 바람이 불건 말건 잘 자고 일어난 닭들은 풍선처럼 몸을 부풀리며 기지개를 켰다. 기세 좋게 소리 높여 울면서 마을을 깨웠다.

박영수가 시내에서 봉산동 쪽으로 쌍다리를 건널 때는 저 멀리 우뚝한 치악산 등성이 위로 해가 뜬 뒤였다. 영수는 앞서 장 선생과 약속한 대로 서화를 받으러 가는 길이었다. 빛남신협 발전 기금을 모으는 전시회가 보름 뒤로 다가왔다. 장 선생의 작품도 그곳에 내걸기로 돼 있었다.

"선생님, 잘 주무셨습니까?"

서재 바닥에 신문지를 깔고 한지를 펴던 장 선생이 반갑게 영수를 맞았다.

"어서 와. 아침은 들었니?"

"예, 먹었습니다."

영수가 곁에 앉아 먹을 갈았다. 장 선생은 방 안에 흐르던 시간을 딱 멈추게 해 놓고, 온 마음을 붓 끝에 모아 쓰고 그렸다. 바람에 흔들리는 난초는 선량한 얼굴을 닮았다. 난초 그림 곁에 장 선생 스스로 짓거나 옛사람이 남긴 글을 옮겨 적었다.

나는 미처 몰랐네.
그대가 나였다는 것을.
달이 나이고 해가 나이거늘.
분명 그대는 나일세.

무엇을 이루려 하지 마라.
앉은 자리 선 자리를 보라.
이루려 하면 헛되느니라.
자연은 이루려 하는 자와

함께하지 않느니라.

언제던가 장 선생은 영수에게 서화 이야기를 들려주었다. 붓을 처음 들었을 때부터 지금까지 한지 위에서 겪은 일이었다.

"차강 박기정 선생님한테서 글씨를 배웠어. 우리 할아버지와 아주 가까운 친구였지. 일제 강점기에 만주에서 독립운동을 하신 분이야. 친일파 가운데 돈 많은 이들이 이분 그림을 받고 싶어 찾아갔어. 그때마다 버럭 화를 내며 모조리 물리치셨다네."

장 선생은 서울에서 배재학교에 다닐 때 방학이면 원주 집에서 지냈다. 그때에 맞추어 박기정이 다녀가며 글씨를 가르쳐 주었다. 짧게는 보름 길게는 한 달씩 함께 지냈다.

어느 날 박기정은 다른 곳으로 떠나가며, 제자가 그동안 쓴 글씨들을 쭉 방바닥에 펼쳐 놓았다.

"잘 봐라. 이것은 이번에 가장 먼저 쓴 글씨야. 저것은 가장 나중에 쓴 글씨지. 이 글씨는 아주 탁하고, 저 글씨는 무척 맑지 않니? 그 사이에 네 마음이 편안해졌다는 얘기야."

장 선생은 그때 처음 글쓰기로 마음을 다스릴 수 있음을 알았다. 그 뒤로 마음이 어지러워지면 모든 일을 젖혀 두고 붓을 들었다.

해방 직후에 나라에서 국립대학 서울대를 세우고 미군 대령을 총장으로 앉히려 할 때였다. 장 선생은 서울공대로 바뀐 경성공전에 다니고 있었다. 여러 학우들과 머리를 맞대고 고개를 가로저었다.

"그게 말이 되는 소리인가? 우리나라 대학에서는 이 나라 사람이 총장을 맡아야지."

"우리, 이러고 어선 안 되겠어!"

장 선생은 주동자가 되어 미군 대령 총장 임명을 반대하는 시위를 일으켰다. 학교에서 제적되어 오갈 데가 없어지자 고향 원주로 갔다. 울분 때문에 술을 마신 듯 얼굴이 붉었고 눈빛이 무척 사나웠다. 잠깐도 가만히 앉아 있지 못하고 이리저리 돌아다녔다. 친구들과 이야기를 나누다가 괜히 버럭 성을 내기도 했다.

한 친구가 그에게 말했다.

"너, 사람이 아주 못쓰게 바뀌었구나."

이튿날 그는 방에 우두커니 앉아 있다가 윗목에 놓인 붓과 벼루를 보았다. 한지를 바닥에 펼치고 붓을 들었다. 글씨를 쓰긴 썼는데 영 마음에 안 들었다. 밤새도록 글씨를 쓰다가 새벽닭 소리를 들었다. 그때 꼭 마음에 드는 글씨가 나왔고, 아주 기분이 좋았다.

글씨 쓰는 재미가 되돌아오자 밖에 나갈 마음이 말끔히 사라졌다. 바깥세상이 전혀 궁금하지 않았다. 한동안 방에서 지내며 붓글씨를 하루에 몇 십 장씩 썼다.

어머니는 햇빛을 안 보고 지내는 아들이 걱정되었다.

"얼굴이 백지장 같구나. 나가서 바람이라도 쐬고 오렴."

"예, 어머니. 몇 장만 더 쓰고 나갈게요."

지난 일을 들려주던 장 선생이 박영수에게 말했다.

"그때는 글씨를 예쁘게 쓰려고만 했어. 거칠고 투박하게 글씨가 써지면, 참 못났구나 하는 생각부터 들었지."

장 선생은 민의원 선거에서 떨어졌을 때와 감옥살이를 하고 나왔을 때도 몇 달 내내 붓을 들었다. 이즈음부터 글씨를 쓸 뿐 아니라 난을 치기 시작했다. 여전히 기교가 뛰어난 글씨와 그림이 덮어놓고 좋던 때였다. 장 선생은 대원군과 민영익 같은 이들의 난 그림을 곁에 펼쳐 놓고 베꼈다. 나중에는 자기가 친 난이 어느 것인지 헷갈렸다.

'그래, 이제 좀 볼 만하네.'

겨울날 오랜 만에 시내에 일보러 나갔다가 군고구마 장수를 보았다. 고구마 굽는 드럼통 앞 골판지에 네모나고 비뚤하게 '군고구마'라고 적혀 있었다. 군고구마 장수가 직접 쓴 글씨였다.

장 선생은 갑자기 낯이 뜨거워졌다. 무언가에 머리를 한 대 얻어맞은 듯 정신이 번쩍 들었다. 그 글씨에는 기교가 없었다. 오직 정이 듬뿍 담겨 있었고, 한껏 정성을 들여 쓴 느낌이 물씬 풍겼다.

'진정성!'

단어 하나가 장 선생의 머릿속을 울렸다.

'좋은 글씨는 잘 쓴 글씨가 아니야. 따끈한 고구마를 손에 쥐고 싶게 만들고, 구수한 정감이 가슴에 스며들게 하는 저런 글씨지.'

장 선생이 명륜동에 학교를 세우며 지은 교훈은 '참되자'였다. 앞으로는 좀 거칠더라도 자기 마음을 꾸밈없고 참되게 담은 글씨를 쓰기로 마음먹었다.

"내가 이사장 자리로 돌아갔다가 학생들이 한일협정 반대 시위를 벌인 일로 물러난 적이 있지 않니?"

장 선생이 영수에게 물었다.

"예, 선생님. 저도 그 시위에 참여했습니다."

"그때도 그랬고, 몇 해 전에 광주에서 참변이 벌어졌을 때도 한동안 거의 날마다 붓을 들었어. 이런 시국에 한가하게 붓글씨를 쓰냐며 나무라는 사람들이 많았지. 만일 붓이 없었다면, 어떻게 몸과 마음을 추스를 수 있었을까 싶구나. 내 솔직한 심정이 그래."

10

장 선생은 서화 석 점을 쓰고 그린 뒤에 일어났다. 잠바를 걸치고 벙거지를 쓰고 집을 나섰다. 영수와 함께 나란히 둑길을 걸었다. 영수가 둘둘 만 서화를 다른 손에 옮겨 들고 장 선생에게 바짝 붙으며 물었다.

"선생님, 어디 가시려고요?"

장 선생이 걸음을 늦추며 길가에 핀 들국화를 바라보았다. 저 멀리 개울에서 깔깔 웃는 아이들을 내려다보고 대꾸했다.

"역에 들를 일이 있어."

"원주역이요? 멀리서 손님이 오시나요?"

"손님은 아니고, 소매치기를 하나 찾아야 해."

영수가 눈을 둥그렇게 떴다.

"소매치기요?"

장 선생이 손을 높이 들어 하늘을 가리키며 말을 돌렸다.

"오늘도 구름이 참 멋지구나!"

장 선생은 문득 걸음을 빨리해 앞서 걷던 동네 사람과 보조를 맞추었다. 사내의 어깨에 손을 얹으며 물었다.

"여, 어디 가시나? 어제 추석은 잘 쇠었나?"

"전 또 뉘신가 했네요! 뭐 좀 사러 중앙시장에 갑니다."

"형님은 좀 어떠신가? 회사가 부도나서 무척 힘든 모양이던데."

"많이 나아졌어요. 사업이라는 게 잘될 때도 있고 잘 안될 때도 있는 법이지, 그런 말을 다 한다니까요."

"다행일세. 어머님 건강은 어떠셔?"

"며칠 전 마당에서 넘어지셔서 병원에 모시고 갔지요."

"저런, 그런 일이 있었구먼!"

"뼈는 안 다쳤어요. 거동이 좀 불편하시지만 식사는 잘하십니다."

또 몇 걸음 걷다가는 아예 발을 멈추었다. 옆쪽에서 둑길로 올라온 동네 여인과 한참 이야기를 주고받았다.

"안녕하세요, 장 선생님. 댁내 모두 평안하시지요?"

"예, 잘 지냅니다. 막내 아드님은 군대 생활 잘하고 있나요?"

"예, 덕분에요. 제대할 날이 얼마 안 남았답니다."

"벌써 그렇게 되었군요. 그 위로 아이가 셋이 더 있지요?"

"큰놈은 인천에서 구두 만드는 회사에 다니고 있고요, 둘째는 막 취업해 천안에 교육 받으러 가 있습니다. 막내는 올해부터 원주의료원에서 간호사로 일하고 있지요."

"모두 잘 자랐군요!"

그 여인과 헤어진 지 얼마 안 되어, 맞은쪽에서 오던 사내와 인사를 주고받았다.

"여보게, 오랜만일세. 고향에 다니러 왔구먼. 사업은 잘되나?"

"예, 선생님. 올 들어 직원을 둘 더 두었고요, 거래처가 많이 늘어났습니다."

"듣던 중 반가운 소리네! 식구들은 모두 잘 지내지? 둘째가 태어날 때가 다 되었지 않나?"

"예, 다음 달이 산달입니다. 둘째 이름도 선생님께서 지어 주시면 고맙겠습니다."

"그래, 그렇게 함세. 언제 우리 집에 들르게나."

다시 단 둘이 오붓하게 걷게 되었을 때였다. 영수가 빙긋 웃으며 장 선생을 돌아보았다.

"선생님은 산책길에서도 쉴 틈이 없으시네요."

"아니야, 그렇지 않아. 세상 살아가는 이야기를 주고받는 것보다 나은 휴식이 어디 또 있겠나."

흙으로 쌓은 둑길을 지난 두 사람은 쌍다리를 건넜다. 곧 건널목 하나를 지나 시내로 들어섰다. 아카데미극장 사람들은 명절인 어제처럼 오늘도 우르르 몰려올 손님 맞을 준비를 하느라 무척 바빴다. 물걸레로 창유리를 뽀뽀 닦고 빗자루로 바닥을 싹싹 쓸었다.

장 선생네 봉산동 집에서 그곳까지는 여느 때 느릿느릿 걸어도 삼십 분밖에 걸리지 않았다. 그런데 오늘은 무려 한 시간 반이나 걸렸다. 영수는 새삼스럽게 장 선생이 원주에서 서로 알고 지내는 사람이 얼마나 많은지 깨달았다.

그 사이에 해는 하늘 복판에 올랐다. 봉산동을 떠날 때만 해도 잠바지퍼를 올려야 할 만큼 서늘했던 대기가 사뭇 따사롭게 바뀌었다. 영수는 잠바를 벗어 팔에 걸쳤고, 장 선생은 잠바 지퍼를 절반 넘게 내렸다.

두 사람은 찻길 건너로 중앙시장이 보이는 곳을 지났다. 추석 다음날 오전인데도 시장에는 사람들이 북적거렸다. 공구 가게들이 모인 곳을 지나 마침내 원주역에 이르렀다. 그 사이에 장 선생은 네댓 번 더 걸음을 늦추고 오가는 이들과 안부를 주고받았다.

한 해 가운데 가장 많은 사람들이 원주역을 드나들 때였다. 기차가 도착할 때마다 사람들이 역사 앞으로 쏟아져 나왔다. 역사로 들어가는 사람들도 쉬지 않고 끝없이 이어졌다. 역사는 마치 살아 있는 거대한 동물처럼 사람들을 삼키고 토해 냈다.

원주에 있는 부대에서 지내다가 휴가를 맞은 군인들이 보였다. 고향으로 갈 기차를 기다리며 여럿이 역 앞에 둘러서서 웃음꽃을 피웠다. 이들은 추석을 쇠고 부대로 돌아오는 병사들과 서로 인사를 주고받았다.

"김 상병, 집에 잘 다녀왔어?"

"보면 모르냐? 잘 다녀왔지."

"툴툴대긴. 부대 잘 지키고 있어. 나중에 보자."

역사에서 나오는 사람들 가운데는 교복을 입은 서울 유학생들이 많았다. 태백과 영월 탄광에서 일하다가 뒤늦게 고향을 찾아오는 이들도 적지 않았다. 가족과 떨어져 햇빛을 많이 못 보고 지내, 하나같이 희멀건 얼굴에 눈이 퀭했고 무척 수척해 보였다. 이들은 마중 나온 가족과 인사를 나누었다.

"여보, 어서 와요."

"잘 지냈지? 일찌감치 표가 매진되는 바람에 이제야 왔어. 애들은?"

"모두 집에서 기다리고 있어요."

"무척 보고 싶네. 어서 갑시다."

어떤 어머니와 아들은 반가운 마음을 쌀쌀맞은 표정과 말투 속에 감추었다.

"어머니, 뭐 하러 역까지 나오셨어요?"

"그럼 멀리서 네가 오는데, 집에 드러누워 있냐? 어서 짐 이리 줘."

"아니에요, 제가 들게요."

"짐 하나라도 이리 달라니까?"

대합실은 고향집에서 명절을 쇠고 일터와 집으로 돌아가는 사람들로 미어터졌다. 모두가 줄지어 서서 표를 끊거나 개표구가 열릴 때를 기다렸다. 역사 안에 있는 매점 앞에도 주전부리를 사려는 사람들이 몰렸다.

장 선생은 역사로 들어가자마자 매점 주인에게 갔다.

"나하고 가까운 사람이 서울에 다녀오다가 소매치기를 당했다네. 그저께 오후 네 시쯤이라는구먼. 딸내미 혼수를 마련하는 데

쓸 돈을 몽땅 잃었다지 않나."

매점 주인은 장 선생에게 대꾸하는 말과 손님에게 건네는 말을 뒤섞었다.

"그래요? 누가 그랬는지 알아보겠습니다. 자, 여기 거스름돈 받으세요. 그거는 그저께 신문이에요. 아니, 그거 말고요. 예, 그거요. 선생님, 너무 기대하지는 마십시오."

장 선생은 검표원에게도 똑같은 말을 했다. 검표원이 고개를 끄덕였다.

"그분이 선생님을 찾아갔군요. 아마 쉽지 않을 겁니다."

장 선생이 검표원의 손을 잡았다 놓으며 말했다.

"경찰서에 가서 신고했나 본데, 우리도 우리 나름으로 알아보는 게 좋겠지요."

장 선생은 역 앞으로 나가 여러 식당에 들렀다. 김밥을 말던 치악산분식 주인이 고개를 들었다. 자기도 모르게 김밥에 넣으려던 단무지를 토끼처럼 앞니로 똑똑 끊어 씹었다.

"혼수를 살 돈이요? 그런 돈을 잃었다면 혼사는 깨진 거나 다름없네요."

"그러니 참으로 딱한 노릇이 아니겠나."

분식집 주인도 매점 주인과 생각이 비슷했다.

"알아보기는 하겠지만요, 너무 기대하지는 마세요. 여기서 날마다 소매치기 당하는 사람이 한둘이어야지요."

장 선생은 리어카 행상들한테도 같은 부탁을 했다. 인형에서 손톱깎이에 이르는 잡다한 물건들을 리어카에 싣고 파는 이들이었다. 모두가 고개를 가로저었다.

"누구한테 소매치기를 당했는지, 얼굴을 알아야 찾을 수 있지 않겠어요? 어쨌든 그날 원주역에 있던 소매치기들부터 알아봐야겠습니다."

원주역 앞에는 단속반이 뜨면 쏜살같이 사라졌다가 슬그머니 돌아오는 야바위꾼들이 있었다. 장 선생은 이들하고도 예전부터 서로 잘 알고 지냈다. 대접 세 개와 주사위 한 개로 영업하는 야바위꾼이 장 선생의 말에 진지하게 대꾸했다.

"예, 잘 알겠습니다. 일단 소문을 내 보지요."

역사에서 바라보면 오른쪽 파출소 곁으로 역전식당이 있었다. 술도 팔고 밥도 파는 집이었다. 주인 박 사장은 장 선생과 모든 일을 터놓고 주고받으며 허물없이 지냈다. 장 선생은 원주역에 갈 때마다 꼭 이 집에 들렀다.

음식을 나르던 박 사장이 장 선생을 보고 달려 나왔다.

"형님, 추석 잘 쇠셨어요? 어쩐 일로 나오셨어요?"

"심심해서 바람 쐬러 나왔지."

"하하하, 형님처럼 바쁜 분이 심심할 때가 다 있네요."

장 선생은 박 사장과 함께 식당 안으로 들어갔다. 여태껏 장 선생과 함께 다닌 영수가 뒤따랐다. 박 사장은 성이 같은 영수를 조카라고 부르며 아주 가깝게 대했다.

"우리 조카는 고향에 돌아오니 좋은가 보네? 아주 표정이 밝아."

"예, 좋습니다. 고맙습니다."

영수는 안쪽 식탁에서 홀로 밥을 먹던 사내와 눈이 마주쳤다. 어디에선가 본 듯하다는 생각이 들었다. 사내는 흠칫하며 눈길을 내렸다.

역 건너 법원 쪽에 볼 일이 있던 영수는 먼저 식당을 나섰다.

"선생님, 저 먼저 가 보겠습니다."

"그래, 잘 가. 어머니께 안부 전해 드려."

3장

김문일

11

원주 시청 왼쪽 골목으로 들어가면 삼 층짜리 회색 건물이 나왔다. 이 건물 이 층에 '백년건축'이라는 간판을 단 사무실이 있었다. 건축 일과 아무런 관련이 없는 두 사람이 아침마다 이곳에 출근했다.

이들은 신분을 숨기고자 서로를 사장과 부장이라고 불렀다. 둘 다 신분 세탁을 아주 꼼꼼하게 했다. 사장은 거짓으로 꾸민 경력이 아주 길고 눈부셨다. 서울의 이름난 대학 건축과를 나왔고, 프랑스 파리에서 유학하며 석사 과정을 마쳤다. 미셸인가 마르탱인가 하는 건축가 밑에서 두 해 동안 도제로 일했다.

독립한 뒤에 노트르담 성당의 종탑과 개선문 기둥을 보수하는 작업에 참여했다. 에펠탑 설계가 아주 잘못되었다고 주장하는 논문을 발표했다가 프랑스 당국의 미움을 사서 귀국했다.

어떤 이가 고개를 갸웃하며 물었다.

"어떻게 설계가 잘못되었는데요?"

“유난히 뾰족한 이등변삼각형은 바라보는 사람을 불편하게 만들지요.”

부장의 경력도 눈부시기는 마찬가지였다. 역시 이름난 대학 건축과를 나왔으며, 첫 작품으로 총리 공관에 딸린 차고를 설계했다. 그 뒤로 차고와 창고와 주차장을 많이 설계해 직접 지었다.

남산 힐튼호텔 지하 주차장, 삼성그룹 회장의 한남동 자택 차고, 김포의 대한항공 격납고, 미사리 조정 경기장 창고, 워커힐 수영장 창고도 김 부장 작품이었다. 그러던 어느 날 대기업 본관 지하 주차장을 개조하다가 매연을 많이 마시고 쓰러져 서울 생활을 접었다. 공기 좋은 원주에서 살며 망가진 폐를 말끔히 고쳤다는 것이 거짓 경력의 마무리 부분이었다.

이따금 백년건축 사무실 문을 열고 묻는 이들이 있었다.

“여기가 건축 사무소인가요?”

“무슨 일로 오셨지요?”

“집을 하나 지으려는데, 견적을 받아 볼까 해서요.”

“당분간 새로운 일 안 받습니다. 오십 층짜리 주상복합 건물을 설계하기 시작했거든요.”

두 사람은 국가안전기획부 요원들이었다. 이름 그대로 국가의 안전을 위협하는 세력들을 찾아내 뿌리 뽑는 일을 했다. 요원 하나는 어제 낮에 역전식당에서 박영수가 어디에선가 본 듯하다고 생각한 바로 그 사람이었다. 명함에는 이렇게 적혀 있었다.

‘백년건축 설계사 김문일 부장’

김문일은 경북 영양이 고향이었다. 학교를 마치고 군대에 다녀와 가로등을 만드는 회사에 다녔다. 어느 봄날 갑자기 벼락 맞은 가로등이 터지듯이 회사가 망했다. 고향에 내려간 문일은 머리를 식히려고 낚싯대를 들었다. 고향집을 나서 자전거를 타고 가까운 저수지에 갔다.

곁에서 낚시하던 이가 문일을 물끄러미 쳐다보았다. 눈을 안 떼고 다가오더니 문일의 뒤통수를 손바닥으로 때렸다. 짝 소리가 온 저수지에 울렸다.

"얌마, 행님 보고 인사 안 하나?"

문일이 눈을 번쩍 뜨며 벌떡 일어났다.

"머꼬? 와 때리노?"

상대가 히죽히죽 웃었다.

"니, 내가 누군지 진짜 모리겠나?"

"찬식이 히야? 히야가 여는 우짠 일이고?"

"메칠 휴가 내가 내리왔다 아이가."

어렸을 때 문일네 집과 이웃해 살던 동네 형이었다. 그는 중앙정보부에서 일하고 있다고 했다.

"니 요새 뭐 하노?"

"회사 망해가 논다."

"맞나? 니 내하고 같이 일하자."

얼마 뒤에 김문일은 고향 형의 추천서가 덧붙은 지원서를 냈다. 간단한 시험과 면접을 거쳐 중앙정보부 요원이 되었다.

그때까지도 문일은 중앙정보부가 무슨 일을 하는 덴지 몰랐다.

'나랏일 하며 나라에서 봉급 받는 곳이잖아. 적어도 나라가 망하기 전에는 망하는 일이 없겠지.'

그런 마음으로 그곳 생활을 시작했고, 그런 생각은 옳았다. 몇 해 전에 국가안전기획부로 이름이 바뀐 그곳에서 문일은 별 탈 없이 잘 지내 왔다. 위에서 시키는 일을 힘닿는 데까지 했고, 아무도 안 시키는 일은 하늘이 두 쪽 나도 안 했다.

문일은 늘 자신을 평범한 회사원이라고 생각했다. 승진이나 승

급에 대한 욕망을 품은 적이 없었다. 그랬는데도 세 번이나 상을 받았다. 자신이 속한 부서의 요원 모두에게 내려지는 표창장을 두 번 받았고, 지역 봉사단체에서 주는 감사장을 한 번 받았다.

문일이 두 손을 모으고 감사할 일은 거기에서 그치지 않았다. 지금껏 열 해 동안 한 달도 거르지 않고 모두 일백스물두 번 봉급을 받았다. 뜨거운 국물을 훌훌 잘 마시던 문일이 역류성 식도염을 앓으며 병원과 집에서 한 달 쉬었을 때도 봉급이 나왔다. 팀원들과 함께 특별 연수라고도 부르는 유럽 여행을 떠났을 때도 귀국해 출근하니 봉급이 기다리고 있었다.

문일의 집은 서울 방학동에 있었다. 초등학생 남매와 아내가 그 집에서 살았다. 문일은 지갑에 가족사진을 넣어 갖고 다녔다. 힘든 일이 있을 때 사진을 들여다보고 입을 쪽 맞추며 기운을 얻었다.

문일은 아주 미워하는 사람도 없었고 특별히 좋아하는 사람도 없었다. 싫어한다거나 나쁘다는 말을 쓰지 않았다. 그에게 반정부 세력이나 적색분자들은 나쁜 사람이라기보다는 덜 좋은 사람들이었다. 물론 이런 사람들의 활동을 막는 것이 자기에게도 좋고 나라에도 좋다고 믿었다.

12

문일이 원주에서 지낸 지 올해로 다섯 해가 지났다. 거의 늘 책상 앞 의자에 앉아 사무실을 지켰고, 상부의 지시를 받거나 수집한 정보를 상부에 보냈다. 오랜 시간 자리를 안 뜨고 일하는 데

이골이 났다.

원주에는 한때 요원이 다섯 명이나 파견되어 근무했다. 이 도시가 사람들의 머릿속에 민주화의 성지이자 요람으로 새겨져 '원주캠프'로 불리던 열 해 남짓한 시기였다. 전국에서 내로라는 민주 투사들이 장 선생을 보러 뻔질나게 원주에 드나들었다. 그들이 원주역에서 서로 지나치는 일이 흔했다.

"왔네? 댁에 계셔."

"가네? 잘 가게."

그 시절에 요원들은 아침에 출근하자마자 장 선생, 그리고 가톨릭 원주교구장 지학순의 사진을 책상에 올려놓았다. 모두 나란히 서서 바닥에 넙죽 엎드려 절했다. 사장으로 불리는 요원이 말했다.

"간절히 비나이다. 제발 오늘도 조용히 지내 주십시오."

이곳에 출근한 지 사흘째 되던 날, 김문일이 머뭇대다가 고참에게 물었다.

"절하라고 하시니까 하긴 하는데요, 왜 하는 거지요?"

"몰랐어? 저 두 사람이 조용하면 나라 전체가 조용하기 때문이야."

문일은 가끔 사무실 밖에서 일을 보았다. 어디에 도청 장치를 설치하거나 블랙리스트에 오른 이들을 미행했다. 지난여름에는 한철구라는 이를 뒤쫓다가 버스를 세 번 갈아타고 전라북도 변산반도까지 갔다.

문일이 사장에게 전화를 걸어 보고했다.

"아까 누구한테 전화하던데요, 좀 있으면 서로 만날 것 같습니다. 길가에 서서 누군가를 기다리는 눈치입니다."

사장이 숨죽인 목소리로 속삭였다.

"출장비를 쓰며 멀리 갔으니까, 무언가라도 꼭 건져 와야 해."

문일도 덩달아 목을 움츠리며 한껏 목소리를 낮추었다.

"예, 알겠습니다. 걱정 붙들어 매십시오."

한철구는 원주 장날 풍물시장에서 독재정권을 타도하자는 구호를 외치고 유인물을 나누어준 적이 있었다. 그 일로 구속되어 한 해를 살고 나온 지 얼마 안 되는 해직 교사였다. 그날 한철구가 변산반도 부안의 허름한 바닷가 횟집에서 만난 사람은 고향 친구였다. 둘 다 처음부터 끝까지 고향 이야기를 입에 올렸다.

"우리 부안만큼 아름다운 고장이 또 있겄어?"

"바닷가도 그렇고 들녘도 그렇고, 모든 풍경이 어머니 품처럼 보드랍고 포근하지. 난 여기만 오면 마음이 푹 놓이고 긴장이 싹 풀린당께."

문일은 그들의 옆쪽 탁자에 앉아 귀를 쫑긋 세웠다. 회를 한 접시 시켜 놓고 홀짝홀짝 소주를 마시며 신문을 보는 척했다. 중요한 정보를 놓칠까 봐 숨을 죽였고 혀가 바짝 타들어갔다.

두 사내는 어느 순간부터 허균와 매창 이야기를 나누었다. 조선시대 때 허균이 부안의 기생 매창을 처음 만났을 때부터 열 해에 걸쳐 우정을 주고받은 이야기였다.

"매창은 부안뿐 아니라 온 나라에 시를 잘 짓기로 소문났지. 그이가 그렇게 널리 알려진 데는 허균 덕이 크지 않겄어? 허균도 시를 잘 짓기로 이름났잖여."

"신분을 안 가리고 두루 사귄 걸 보면, 시대를 훌쩍 뛰어넘은 사람이랑께. 서얼들은 말할 것도 없고, 유교사회에서 천대 받던 승려들, 아전 같은 하급 관리들, 기생들, 심지어 밑바닥 생활을 하는 사람들까지 껴안는다는 게 쉬운 일은 아니여."

술기운이 오른 김문일은 따분함을 못 이겼다. 갑자기 술잔을 탁자에 딱 하고 소리 나게 내려놓았다. 그들에게 고개를 획 돌리며 물었다.

"지금 시대가 어느 시대인데, 젊은 사람들이 고리타분한 옛날 이야기로 피 같은 시간을 흘려보냅니까? 독재정권 타도, 민주화, 뭐 그런 이야기도 섞어야 하는 거 아닙니까? 그런 거에 대해서는 어떻게 생각하십니까?"

한철구와 친구는 눈을 동그랗게 뜨고 김문일을 바라보았다. 한철구가 윗몸을 옆으로 기울이며 김문일의 귀를 잡고 속삭였다.

"누가 듣고 신고하면 어쩌려고 그려?"

김문일이 한철구의 손을 뿌리쳤다. 발끈하며 더욱 목소리를 높였다.

"뭔 겁이 그리 많아요? 내가 못할 말 했습니까? 신고하려면 신고하세요!"

두 사내는 깜짝 놀란 얼굴로 벌떡 일어나 서둘러 자리를 떴다. 친구가 먼저 횟집을 빠져나갔고, 한철구는 계산대 앞으로 다가섰다.

"아줌씨, 여기 얼마요?"

계산을 마친 한철구는 서둘러 횟집을 나서 친구를 쫓아갔다.

김문일이 그들을 그대로 놓아줄 리 없었다.

"아주머니, 저도 계산해 주세요."

"오매, 잔돈이 모자라네. 옆집에 좀 댕겨오께요."

김문일은 손을 내젓고 밖으로 달려나갔다. 한철구와 친구가 횟집들이 길게 늘어선 곳을 벗어나 계단을 밟고 개펄로 내려가는 게 보였다. 수평선으로 막 해가 넘어가고 있었다. 노을이 모든 이들을 붉게 물들였다.

노을을 바라보며 계단을 내려가던 김문일은 발을 헛디뎠다. 개펄에 코를 박고 엎어졌다. 오뚝이처럼 벌떡 일어나 두 주먹을 쥐고 다시 달리기 시작했다.

한철구와 친구는 뒤에서 들려오는 헉헉 소리에 걸음을 멈추고 돌아보았다.

"저게 누구여? 아까 그 사람이네."

"워따, 찐드기가 따로 없네!"

둘 다 김문일을 따돌리려고 주먹을 그러쥐며 힘차게 달려 나갔다. 그때부터 바닷바람이 아주 거칠어졌다. 오른쪽으로 시원스레 펼쳐진 바다에서 붉은 노을에 반짝이는 파도가 더욱 빠르고 높게 오르내렸다. 파도는 개펄 안쪽까지 길게 밀려 들어왔다. 개펄에 앉아 조개껍질을 열고 저녁을 먹던 갈매기들이 깜짝 놀라 끼룩거리고 푸드덕대며 날아올랐다.

그날 김문일은 끝내 두 사람을 놓쳤다. 주위가 깜깜해진 탓이 컸다. 주량이 소주 반병인데, 자기도 모르게 한 병을 다 비운 탓도 있었다. 구두에 개펄 흙이 잔뜩 묻어 잘 달리지 못한 까닭도 있었다.

이튿날 문일은 며칠 사이에 십 년은 더 늙어 원주로 돌아갔다. 마음 같아서는 멀리 달아나고 싶었다. 고속도로에서 버스가 고장 나게 해 달라고 간절히 기도했다. 그러나 여느 날보다 길이 숭숭 잘 뚫렸다. 버스는 예정된 시간보다 이십 분이나 빠르게 원주 시내로 들어갔다.

백년건축에서 기다리던 사장은 문일의 얘기를 듣자마자 눈을 치떴다. 여느 때처럼 표정이 없는 얼굴로 이를 악물고 으르렁거렸다.

"변산반도까지 가서 허탕을 치고 와? 영수증 이리 내놔."

꼬깃꼬깃한 영수증을 들여다본 사장이 고개를 갸웃했다.

"팔자 좋게 회도 먹었네? 무슨 회야?"

"간재미횝니다. 몇 점 안 주더라고요."

"간재미회가 얼마나 맛있는데, 그 맛있는 게 입에 들어가던가? 어서 가짜 보고서라도 하나 만들란 말이야."

문일은 어려서부터 소설을 많이 읽었고, 한때 작가를 꿈꾼 적도 있었다. 한번은 신춘문예에 소설을 냈는데 본선까지 올랐다. 문일이 백년건축에서 일하며 만든 보고서들은 아주 흥미롭고 긴박감이 넘친다는 평이 많았다. 서울 본부에서는 날마다 다음 보고서가 날아올 때를 턱이 빠지게 기다린다는 소문이 있었다.

어느 날 본부에서 온 전화에서 짜증과 조바심에 찬 목소리가 다그쳤다.

"왜 이리 늦는 거야? 사람 감질나게 할래? 다음 소설 빨리 보내란 말이야."

문일이 되물었다.

"소설이요?"

"아, 아니, 보고서 말이야."

"예, 알겠습니다. 곧 탈고하는 대로 보내겠습니다."

상대가 슬쩍 덧붙였다.

"기대할게. 이번 것도 재밌어야 해."

13

어제 낮에 문일은 원주역에 들러 안동까지 가는 기차표를 예매했다. 거기서 버스로 갈아타고 고향 영양에 갈 생각이었다. 비

상시국이어서 추석이 이틀이나 지나서야 고향에 잠깐 다녀올 짬이 생겼다.

어머니한테 전화를 걸어 뒤늦게 내려가게 되었다고 했더니, 여느 때처럼 어머니는 좀처럼 전화를 끊지 않고 온갖 얘기를 늘어놓았다. 서울 마포 이모 댁에서 며칠 지내다가 추석 전날 내려가셨는데, 기차 옆자리에 앉은 여자가 원주 사람이었다. 다음 달 큰딸이 단양에서 결혼한다더라며, 어머니는 한참 전화기를 붙들고 늘어졌다.

역사를 나선 김문일은 역전식당에 가서 점심을 먹었다. 장 선생이 식당으로 들어오는 걸 보고 흠칫 놀랐다. 하마터면 벌떡 일어나 안녕하세요, 하고 인사할 뻔했다. 같이 온 젊은 사내와 눈이 딱 마주쳤을 때는 숨이 멎었다.

'저 친구가 박영수 맞지? 예전에 장 선생이 가르친 제자인데, 요즘 빛남신협에서 일한다지?'

문일은 두근거리는 가슴을 겨우 가라앉히고 몰래 가방을 열었다. 슬며시 도청 장치를 꺼내 탁자 밑에 붙였다. 밥을 마저 먹고 일어나 밥값을 내고 식당에서 나갔다. 그에 앞서 서류 하나를 탁자 곁에 내려놓기를 잊지 않았다. 봉투 속에는 아무 것도 적지 않은 종이가 여러 장 들어 있었다.

엇저녁에 문일은 다시 그 식당에 들렀다.

"아까 낮에 무얼 놓고 가서요."

"서류 봉투요? 여기 있습니다."

신을 벗지 않고 앉는 식탁이 하나 있고, 신을 벗고 올라가 앉는 식탁이 네 개 있는 집이었다. 점심때와 달리 손님이 많았다. 다행히 문일이 낮에 김치찌개를 먹던 식탁만 비어 있었다. 문일은 그리로 가서 앉아 된장찌개를 시켜 먹었다. 몰래 탁자 밑에 붙은 도청 장치를 떼어내 가방에 넣었고, 사무실로 돌아가는 대로 녹음테이프를 틀었다.

지난여름 변산반도에 갔다가 허탕을 친 뒤로 사장은 잔소리가 곱절로 늘었다. 어제도 문일을 앞에 세워 놓고 표정 없는 얼굴로 퍼부었다.

"요즘 왜 그래? 정신 안 차릴래? 만날 자리 지키고 앉아 있지 말고, 여기저기 돌아다니며 뭐라도 건져오란 말이야."

하기는 신경이 바짝 곤두선 사람이 백년건축 사장만은 아니었다. 이 나라의 모든 정보기관 책임자들이 진득하게 궁둥이를 붙이고 자리에 앉아 있지 못했다. 온종일 괜히 이리 뛰고 저리 뛰어 다녔다. 그달 첫날 사할린 섬 상공에서 참사가 벌어졌기 때문이었다.

뉴욕을 떠나 알래스카 앵커리지를 거쳐 날아가던 대한항공 007기가 소련 영공을 침범했다. 소련 공군 전투기는 미사일로 항공기를 바다에 떨어뜨렸다. 이 사고로 탑승객 이백예순아홉 명 모두가 세상을 떴다.

그 뒤로 지금까지 스무 날 넘게 온 나라가 벌집을 쑤신 듯 시끄러웠다. 만일 이런 상황에서 적색분자들이 소동을 일으킨다면, 나라의 운명이 파국에 이를 수도 있다는 것이 정보기관 수뇌부의 판단이었다.

요 며칠 김문일은 하루도 안 쉬고 날마다 도청 장치가 든 가방을 흔들며 온 시내를 누볐다. 그러나 고급 정보는 고사하고 최하급 정보 하나 건지지 못했다. 밤에 사무실로 돌아가 녹음테이프를 틀 때마다 한숨이 나왔다. 빵빵대는 경적 소리, 붕붕 부우웅 달리는 자동차 소리, 여러 사람이 시끄럽게 떠드는 소리만 귓속을 울렸다.

아무래도 테이프 녹음이 잘못된 모양이었다. 어제 그 시각에 역전식당에는 장 선생과 박영수, 그리고 김문일 자신을 빼고는 다른 손님이 없었다. 그런데도 계속 잡음이 섞이며 중간중간에 말소리가 들리다 말다 했다.

"와, 도청 역사에 남을 최악의 녹음이구나!"

이런 경우에는 삼십 분짜리 테이프 하나를 옮기는 데 예닐곱 시간, 때로는 온종일 걸리기 일쑤였다. 녹음이 잘 안 되어 찍찍거리거나 아무 소리도 안 들리는 부분은 상상력으로 채워 넣는 수밖에 없었다.

밤새도록 문일은 테이프 녹음 내용을 종이에 옮겼다. 또렷이 들리는 단어들을 먼저 적었다. 잘 안 들리는 대목은 비워 놓았다가 맨 마지막에 채웠다. 마침내 작업을 마친 문일은 따뜻한 물을 한 모금 마셨다. 작게 소리 내어 종이에 적은 도청 내용을 읽었다.

> "추석 전날 저녁때가 다 되어, 어떤 아낙네가 우리 집으로 나를 보러 왔더군. 아, 글쎄, 원주역에서 소매를 뜯겼다지 뭔가. 나한테 도와달라기에 이렇게 소매를 뜯어간 이를 찾으러 왔네."
>
> "아마 쉽지 않을 겁니다. 역에서 소매를 뜯긴 사람이 한둘이 아닐 테니까 말이에요."

그 다음 내용은 좀 진지하게 살펴볼 필요가 있었다. 조직을 만드는 내용이 들어 있었다. 역시 중간 중간이 잘 들리지 않았다. 뒤쪽으로 갈수록 두 사람이 횡설수설하는 대목이 늘었다. 문일은 절반이 넘는 부분을 상상력으로 메웠고, 아주 이상하다 싶은 곳에는 의문 나는 점을 적었다.

"큰살림이라니, 이름이 참 재미나네요. 언제 살림을 차리나요?"

"다음 달 하순에 식을 올리고 살림을 차리려 하네. 이곳에서 농약과 화학비료를 안 치고 유기농법으로 생산한 쌀을 서울로 가져가 소비자들에게 직접 판매하는 걸세. 중간상을 거치지 않고서 말이지. 생산 원가가 좀 높지만, 유통비가 절약되니까 판매가는 일반 쌀과 비슷하게 매길 수 있어."

"그런 쌀을 먹으면 매부도 좋고 누이도 좋겠어요."

"중얼중얼. (요 부분은 전혀 안 들림.) '꿩 먹고 알 먹고'로 들리기도 함."

"(이 대목부터 몇 줄은 아주 이상함.) 우리도 한번 잘 살아 보세. 새벽종은 누가 울리나요? 참새들이 참 많이 줄었어요."

"노세, 노세, 젊어서 노세. 우리도 노새 한 마리 키워 볼까?"

"좋지요. 조랑말도 좋고요. 조직이 탄탄해지고 일정한 소득이 보장되면, 전국에서 비슷한 조직이 많이 생기겠어요."

"쌀과 잡곡뿐 아니라 다른 농작물도 많이 팔게 되겠지. (아주 잡음이 심함.) 자네는 콩떡이 맛있나, 팥떡이 맛있나?"

"둘 다 좋아합니다. 하하하."

"몰래 엿듣는다는 뜻이지, 도청이라는 게 말이야. 어딘가에 붙어 있을 텐데 가만히 놔두라고. 틀림없이 이따가 다시 올 거야."

"일부러 놓고 간 거겠지요? 다시 들를 구실을 만들려고요."

문일은 잔에 남은 물을 벌컥벌컥 들이켜고, 타자기를 두드려 녹음 내용을 다시 옮겼다. 보고서를 완성해 사장의 책상 위에 놓고 퇴근했다. 이미 훤하게 동이 튼 시각에 입이 찢어져라 하품을 해 대며 비틀비틀 집으로 가 라면을 끓여 먹었다. 얼굴을 씻고 자는 둥 마는 둥 하다가 끙 하고 일어나 서둘러 원주역으로 갔다.

14

추석이 이틀 지난 날 오전, 짙은 구름이 낮게 내린 원주역 앞은 무척 조용했다. 어제까지 정신 못 차리게 시끌벅적했던 곳이라고는 믿어지지 않았다. 광장 오른쪽에는 아주 오래된 단풍나무 두 그루가 예닐곱 발짝 사이를 두고 마주서 있었다. 나무 밑에 여러 사람이 앉거나 누워 있었고, 막걸리와 소주를 마시는 사람들이 보였다.

벙거지를 쓴 사내 하나는 차림새가 말쑥해 보였다. 벙거지는 한 사내와 신문지를 깐 바닥에 마주앉아 대화를 나누었다. 그 사내가 손짓을 섞어 가며 뭐라고 말했고, 벙거지는 줄곧 고개를 끄덕거렸다.

김문일은 광장을 건너 역사로 다가가다가 단풍나무 쪽을 돌아보았다. 걸음을 늦추고 눈을 크게 떴다.

'아니, 장 선생이잖아. 무슨 일이지? 어제도 오더니 오늘도 왔네.'

문일은 멈칫거리다가 몇 발짝 늦는 바람에 기차를 놓쳤다. 점점 멀어져 가는 기차 소리가 들렸다. 아무짝에도 쓸모없어졌다는 생각에 기차표를 찢어 쓰레기통에 버렸다. 역무원이 물었다.

"뭔데 버려요?"

"기차표요."

역무원이 쩝 하고 입맛을 다셨다.

"기차를 놓쳤더라도 매표소에 갖다 주면 몇 푼이라도 돌려줘요."

뒤통수를 긁으며 매표소로 간 문일은 간신히 다음 시간 기차표를 손에 넣었다. 역사를 나와 단풍나무 그늘로 갔다.

'이게 다 하늘의 뜻이겠지. 괜히 기차가 나를 안 태우고 갔겠어? 오늘 어쩌면 말도 못하게 중요한 정보를 건질지 몰라.'

문일은 단풍나무 아래로 가 화단 모서리에 돌아앉았다. 가방에서 신문을 꺼내 펼쳤다. 신문과 큰길을 번갈아 바라보며 귀를 쫑긋 세웠다. 장 선생하고는 대여섯 발짝 떨어진 자리였다.

"자, 모두 이리 와 이것 좀 드세요."

장 선생은 바닥에 새로 펼친 신문지에 집에서 들고 온 음식을 올려놓았다. 송편과 부침개, 잡채와 나물이었다.

"와, 맛있겠다!"

모두 달려들어 음식을 먹었다. 나무젓가락이 있는데도 손으로 집어 입에 넣었다.

"음식 들면서 내 얘기 들어 보세요."

장 선생은 그들에게 추석 전날 역에서 벌어진 일을 들려주었다. 어제도 여기서 했던 얘기였다. 모든 이들이 자기와 상관없는 일이라는 얼굴로 듣는 둥 마는 둥 했다.

사내 하나가 장 선생 곁에 바짝 다가앉았다.

"제가 늘 이곳에 오잖아요. 날마다 어슬렁대는 녀석들을 알아요. 누구를 맞거나 보내는 건 본 적이 없어요. 물건을 훔치러 오는 게 틀림없어요."

"모두 몇 명이지요?"

"둘이에요. 하나는 쌍다리 밑에 사는 철봉인데요, 요 며칠 통 안 보여요."

"철봉이라면 내가 아는 사람 같군요. 아내가 집을 나갔고, 어린 아이 둘을 혼자 키우는 그 사람 아닌가요?"

"예, 맞아요."

"또 하나는 누군가요?"

"집 없이 떠돌아다니는 녀석이에요. 왼쪽 뺨에 아기 주먹만 한 검붉은 점이 있어요. 그래서 점박이라고 불려요. 어, 호랑이도 제

말 하면 온다더니, 마침 저기 지나가네요."

"떡 먹으라고 해요."

"어이, 점박이! 추석날 송편 못 먹었지? 이리 오게!"

화단 모서리에서 문일이 고개를 돌리고 그들을 쳐다보았다. 점박이라는 이가 장 선생 눈치를 살피며 쭈뼛쭈뼛 다가왔다. 점박이는 바닥에 앉아 나무젓가락을 들었다 내렸다. 맨손으로 송편을 집어 입에 넣고 우물우물 씹으며 물을 한 모금 마셨다. 잡채를 한 움큼 집더니 고개를 한껏 뒤로 젖히고 입에 넣었다.

장 선생이 점박이에게 물었다.

"자네, 혹시 사흘 전, 그러니까 추석 전날 낮에 이곳에 있었나?"

점박이는 잡채를 먹느라 말을 못했다. 한참 입을 우물거리다가 꿀꺽 잡채를 삼키고 물을 또 마셨다. 점박이에게는 오 초마다 왼쪽 뺨의 점을 만지는 버릇이 있었다. 점을 다섯 번 만지고 눈을 스무 번 끔뻑거린 뒤에 손가락을 꼽았다.

"가만있어 보자. 어제, 그제, 그끄저께, 그날 내가 어디 있었더라?"

점을 두 번 더 만지고 말했다.

"아닌데요, 그날 이곳에 안 왔어요. 딴 데 갔어요."

"딴 데라면?"

점박이가 멈칫하더니 목소리를 낮추었다.

"우산동에 손님 맞으러 갔어요."

버스 터미널로 소매치기하러 갔다는 뜻이었다.

"내가 수고비를 좀 드릴 테니까 말이지, 그날 오후 네 시쯤에 역개표구를 나서려는 오십대 초반 여자한테서 가방 속에 든 돈뭉치를 훔친 이가 누군지 알아봐 줄 수 있겠나?"

점박이가 머리를 벅벅 긁어 가루눈처럼 비듬을 날렸다.

"제가요, 머리가 안 좋아요. 긴 말은 못 알아들어요. 좀 천천히 말해 봐요.”

장 선생은 아주 느리게 또박또박 다시 말했고, 점박이가 고개를 끄덕였다. 양 손에 송편을 하나씩 집어 들고는 장 선생이 내민 지폐를 내려다보며 웅얼웅얼 대꾸했다.

“예, 누가 그랬는지 알아볼게요.”

15

하늘 한쪽이 트이며 구름 사이로 파란빛이 보이더니 해가 나왔다. 많은 사람들이 단풍나무 두 그루가 있는 쉼터로 몰려들었다. 늘 그곳에 바람 쐬러 오는 이들, 어제 우연히 들렀다가 장 선생의 재미난 입담에 반해 다시 찾아온 이들이었다. 기차를 탈 때까지 시간이 남아 쉬러 온 이들도 섞여 있었다.

금세 열댓 명이 장 선생을 마주보며 바닥에 앉았다. 누가 장 선생에게 의자를 갖다 주었다. 바닥에 앉아 있으면 뒤쪽에 앉은 사람들과 서로 얼굴이 안 보이기 때문이었다.

전혀 뜻하지 않은 곳에서 인생 상담이 시작되었다. 봉산동 집으로 장 선생을 보러 갔다가 이곳에 있다는 말을 듣고 온 이들이 차례로 나섰다. 먼저 갈색 잠바를 입은 사내가 우쭐대는 얼굴로 장 선생에게 다가섰다.

“우리 큰애가 전교 일등이에요. 원주에서 학교에 다니는 학생들하고 선생님들 가운데 우리 애를 모르는 사람이 없어요. 근데 공부 실력이 서울대 영문과에는 좀 못 미쳐요. 인기가 좀 떨어지는 학과를 고르면 서울대에 갈 수 있는데요, 꼭 영문학을 공부하고 싶다고 저리 고집을 부리니 어쩌면 좋겠습니까?"

"서울대만 아니면 어느 대학 영문과든지 들어갈 수 있다는 얘기네요?"

갈색 잠바가 입을 삐쭉 내밀었다.

"그건 그래요."

"그럼 아이 뜻대로 하게 놔두세요."

갈색 잠바가 입을 더 내밀며 고개를 갸웃했다.

"그래도 서울대를 나와야 나중에 뭐라도 할 수 있지 않겠습니까?"

장 선생은 대꾸하지 않았다. 갈색 잠바 뒤쪽에 선 이를 바라보았다. 그러나 좀처럼 갈색 잠바는 물러날 생각이 없어 보였다.

장 선생이 갈색 잠바에게 다시 눈을 주었다.

"간판에 얽매이면 세상을 옳게 볼 수 없어요. 좋은 간판 따서 남 위에 올라서면 뭐가 좋은가요? 권세를 누리고 돈 많이 모아 부자가 되면 그게 잘사는 건 줄 아나 본데요, 그렇지를 않습니다. 다 헛되고 허망한 거예요."

갈색 잠바는 고개를 옆으로 더 돌렸다. 아예 한쪽 어깨 위에 얼굴을 올린 모습이었다.

"좋은 자리에 올라 행복하게 사는 게 최고 아닌가요?"

"부모는 행복할지 몰라도 자식은 그렇지 않을 겁니다. 사람은 자기가 하고 싶은 일을 해야 행복할 수 있다는 말이에요. 물 흐르듯이 자연스러운 게 좋지 않겠어요? 개울에 튀어나온 바위처럼 자식의 앞을 막는 부모가 되어선 안 되겠지요."

다음으로 나선 이는 녹색 셔츠를 입은 사내였다. 장 선생과 서로 잘 아는 사이였다. 녹색 셔츠는 이런저런 선배들이 마음에 안 든다며 헐뜯었다.

"앞서 그 일만 해도 그래요. 자기들이 이미 결론을 내려놓고 후배들더러 의견을 묻는다니까요. 정말 사람들이 못됐다 이겁니다. 어제는 무슨 일이 있었냐 하면, 나 원 참, 기가 막혀서."

장 선생이 버럭 소리쳤다.

"아니, 이렇게 나쁜 놈을 보았나!"

녹색 셔츠가 깜짝 놀라 자빠질 듯이 윗몸을 뒤로 젖혔다.

"선생님!"

다른 사람들도 모두 눈을 동그랗게 뜨고 쳐다보았다. 어떤 이는 앉은 자세에서 뒤로 벌렁 누웠다가 벌떡 일어나 앉았다.

장 선생은 거기서 멈추지 않았다.

"네가 그동안 선배들한테 해 준 게 뭐가 있니? 선배들이 힘들 때 짐을 나누어 들었니? 아니면 따뜻한 밥을 한 끼 대접했니?"

녹색 셔츠가 얼굴이 벌게져 눈을 빠르게 끔벅거렸다. 머리를 조아리고 쩔쩔매다가 기어드는 목소리를 냈다.

"선생님, 제가 잘못했습니다. 용서해 주십시오."

화단 모서리를 떠나 장 선생의 옆쪽으로 돌아간 김문일은 두 사람 다 정말 대단하다고 생각했다. 누가 보건 말건 버럭 소리치며 혼내는 사람도 대단했다. 자기 잘못을 싹싹하게 인정하고 사과하는 사람도 보통내기는 아니었다.

시청 뒷골목에서 청국장 집을 하는 이가 앞으로 나섰다. 늘 빵모자를 쓰고 다니는 이였다. 문일은 빵모자를 금세 알아보았다. 몇 번 그 식당에 가서 밥을 먹었다. 어디가 아픈지 빵모자는 늘 낯을 잔뜩 찌푸렸다. 손님이 와도 어서 오라는 말 한마디가 없었다. 가는 손님에게 안녕히 가시라고 말하는 법이 없었다.

빵모자가 온몸에서 청국장 냄새를 풍기며 말했다.

"손님들 가운데 말을 함부로 하는 이들이 있습니다. 저보다 한참 어려 보이는데, 대놓고 반말을 합니다. 기껏 밥 한 그릇을 사

먹으면서요. 이것 갖고 와라 저것 갖고 와라, 그러면서 온갖 심부름을 다 시켜요. 그때마다 정말 죽을 맛입니다. 어떻게 하면 좋겠습니까?"

장 선생이 빵모자를 똑바로 바라보았다.

"하나 물어봅시다. 사람이 밥을 먹지 않고 살 수 있습니까?"

"아니요, 못 살지요."

"그렇게 생각하신다면 밥 앞에 '기껏'이라는 말을 붙이면 안 되지요. 기껏 밥 한 그릇이라니요. 그리고 선생께서 식구들을 먹여 살리려면 돈이 있어야 하지 않겠어요? 그 돈은 누구 주머니에서 나오지요?"

빵모자는 말없이 눈을 끔벅거렸다. 장 선생이 다시 물었다.

"손님 주머니에서 나오지 않습니까?"

빵모자 얼굴이 붉어졌다.

"예, 그렇습니다."

"손님들은 선생과 선생의 가족을 먹여 살리는 분들이세요. 하느님과도 같은 분들이라는 말입니다. 공손하게 받들어 모시면 저절로 장사가 잘 될 테고요, 선생네 가족이 굶어 죽는 일은 생기지 않을 겁니다."

모든 대화를 엿들으며 문일은 속으로 감탄했다.

'참으로 멋진 분이셔. 어떻게 저리 말씀을 쉽게 잘하실까? 틀린 얘기, 가슴에 와 닿지 않는 말이 한 대목도 없네!'

문일은 마른침을 삼키며 시계를 보았다. 기차를 탈 때까지 이십 분 남았다. 매표소로 가서 다음 시간에 떠나는 기차표로 바꾸어 올까 하는 생각이 들었다. 고개를 돌려 바라보니 아까보다 역사로 들어가는 사람이 크게 늘었다. 다음 기차표가 남아 있을 것 같지 않았다.

상담을 마친 장 선생이 청중을 바라보았다. 어느새 서른 명도 넘게 늘어난 청중에게 이야기를 들려주었다.

"제가 원주천 건너 봉산동에 삽니다. 오늘 이리로 오는 길에 쌍다리 아래로 내려갔어요. 그곳에 판잣집 여러 채가 있지 않습니까? 교각을 벽 삼고 기둥 삼아 대충 엮어 지은 집 말이지요. 아내 없이 혼자 아이들을 키우는 이가 그곳에 살아요."

누가 알은척을 했다.

"철봉이, 열흘 전엔가 교통사고를 당했어요. 뺑소니 사고래요."

"예, 그렇더군요. 다리가 부러졌거나 금이 간 모양이더라고요. 돈이 없어 치료를 못 받고 집에 누워 있습디다. 천으로 다리를 친친 감고서요. 아주 좋지 않은 냄새가 나던데요, 이미 다리가 곪아 썩기 시작했는지 몰라요."

여러 사람이 쯧쯧 혀를 차며 고개를 흔들었고, 장 선생이 말을 이었다.

"만약에 철봉이라는 사람이 여러분의 친동생이라면 어떻게 하시겠습니까? 가만 놔두지 않겠지요? 근데 그 사람은 형제가 없고 친척도 없더군요. 가까이 알고 지내는 병원 원장한테 바로 연락했어요. 구급차가 와 병원으로 데려갔지요. 그런 사람이 우리 주위에 많습니다. 우리가 같은 때 같은 곳에서 살며, 그런 사람을 보고 그대로 내버려두면 안 되겠습니다."

앞에 앉은 이가 잔에 물을 따라 장 선생에게 내밀었다. 장 선생이 허리를 구부리고 두 손으로 잔을 받아 목을 축였다.

"제가 지금 사는 집도 그렇지만요, 어려서 산 집에는 뒷간이 마당 건너 저만치 떨어져 있었어요. 낮에 무얼 너무 많이 먹은 날에는 밤에 배가 살살 아파 와요. 곧 쏟아질 듯이 똥이 마려운데, 캄캄한 밤에 혼자 뒷간에 가기 무섭잖아요. 집안 어른을 깨워 데려다 달라고 졸라요."

청중 가운데는 할아버지 손을 잡고 나온 다섯 살바기가 있었다. 이 아이는 장난감을 만지며 딴청을 부리다가 고개를 번쩍 들었다. 눈을 동그랗게 뜨고 장 선생을 쳐다보았다.

"시원하게 똥을 누고 나오면, 어른이 지키고 서 있다가 저를 닭장으로 데려가요. 닭들한테 세 번 바닥에 엎드려 절하며, '밤 똥은 닭이나 누지, 사람이 누더냐!' 하고 외치라고 이르세요. 그러면 저는 어른이 시키는 대로 하며 생각하지요. 그래, 닭이 나보다 낫구나!"

모든 청중이 하하하 하고 웃었다. 다섯 살바기도 입을 헤벌리고 웃었다.

어디에선가 사내 하나가 나타나 장 선생에게 비틀거리며 다가갔다. 여러 사람이 팔을 내저었다.

"이봐요, 뭐 하는 거예요?"

"많이 취했나 봐요. 누가 좀 말려요."

장 선생이 사내를 그대로 놔두라고 손짓했다. 그 사내는 장 선생의 잠바 주머니를 뒤졌다. 동전 몇 닢을 꺼내 들고 이리저리 살펴보았다. 장 선생에게 꾸벅 고개를 숙여 보이고 돌아서 사라졌다.

"앞서 여름에 한창 날이 더울 때, 치악산 자락 금대리 골짜기 길을 올랐어요. 맞은쪽에서 사내 서넛이 낮술을 마셔 불콰해진 얼굴로 내려오더군요. 하나가 우뚝 멈추어 서더니 저더러 그러더라고요. '선생님은 늘 다른 사람들더러 바닥을 기어라, 납작 엎드려라, 앞으로 나서지 마라, 하고 이르시는데요. 제가 보기에 선생님은 늘 고개를 꼿꼿이 세우고, 이래라 저래라 하고 시키는 것만 즐기는 것 같단 말입니다.'"

누가 장 선생에게 물었다.

"그래서 그 사람한테 어떻게 하셨습니까?"

옆 사람이 끼어들어 그럴듯하게 목소리 연기를 했다.

"예끼, 이놈아. 술에 취했으면 집에 가서 자빠져 잠이나 잘 것이지, 어디서 흰소리를 지껄이느냐?"

모든 청중이 무릎을 두드리며 배꼽을 잡고 웃었다.

장 선생이 빙그레 웃더니, 청중의 웃음이 잦아들자 말했다.

"바닥에 넙죽 엎드려 그 사람한테 큰절을 올렸지요. 고개를 들고 바라보니까, 그 사람은 서둘러 계속 길을 가고 있더군요."

어떤 청중은 소리 내어 또 웃었고, 어떤 청중은 와아 하고 감탄했다.

장 선생은 가만히 앉아서만 얘기하는 게 아니었다. 의자에서 일어나 허리를 좀 구부리고 두 팔을 둥글게 말아 몸집을 부풀렸다. 꿀꿀 소리를 내고 코를 킁킁대며 한 바퀴 빙 돌았다.

"이쪽에는 배가 부른데도 자꾸 먹어 대는 돼지가 있어요. 그리고 저쪽에는 양껏 알맞게 먹는 돼지가 있다고 칩시다. 어느 돼지가 살이 더 많이 찔까요? 저기 검은색 셔츠 입은 분, 대답해 보세요."

"자꾸 먹어 대는 돼지요."

"그래요, 너무 욕심을 부리면 꼭 그렇게 되겠지요. 사람들은 그런 돼지, 살이 더 많이 찐 돼지부터 잡아먹는단 말입니다. 우리 모두 살찐 돼지가 되는 걸 두려워해야겠어요. 욕심을 너무 부리면 안 된다는 얘깁니다. 또 하나 물어봅시다. 누가 작대기를 휘휘 휘두르면 모가지를 곧게 세운 사람이 얻어맞을까요, 아니면 자라목을 하고 잔뜩 웅크린 사람이 얻어맞을까요?"

"모가지 세운 사람이요!"

"그 양반 목청이 참 좋으시네. 말투가 아주 시원시원해요. 작대기에 목을 얻어맞으면 좀 아프고 말겠지만요, 그게 잘 드는 칼이라고 생각해 봅시다. 그냥 날아가는 거지. 저 멀리로 머리가 부웅하고 날아간단 말이에요."

모든 청중이 고개를 뒤로 젖히고 한바탕 마음껏 웃었다.

장 선생은 다시 물을 한 모금 마셨다. 검지를 세운 주먹을 들고 허공을 찌르며 다음 이야기로 넘어갔다. 재미난 이야기가 줄줄이 이어졌고, 청중은 잠깐도 웃음을 멈출 새가 없었다. 하늘을 올려다보고 웃고, 옆 사람 어깨를 치면서 웃고, 앞 사람 겨드랑이를 꼬집으며 웃었다.

김문일은 그곳을 뜨고 싶지 않았다. 그러나 기차 시간이 다 되어 어쩔 수 없었다. 겨우 발걸음을 떼며, 장 선생에게 꾸벅 고개 숙이고 작은 소리로 인사했다.

"선생님, 고맙습니다."

역사까지 오십 발짝쯤 되는 거리를 거의 뒷걸음으로 걸었다. 광장을 다 건너 역사로 들어가기 직전에, 다시 한 번 두 손을 앞에 모으고 고개를 숙였다.

4장

이동철

16

이동철은 강원도 춘천 사람이었다. 주위에서 난닝구와 호랑무늬 몸빼라고 부르는 부모 사이에서 태어났다. 동철의 아버지 난닝구는 집 안이건 바깥이건 늘 누렇게 바랜 속셔츠를 입고 지냈다. 어디든지 일감을 주겠다는 곳이 있으면 군말하지 않고 달려갔다. 공사장과 건축 현장은 제 집처럼 드나들었고, 쓰레기장과 오물 처리장도 하루건너 넘나들었다.

난닝구는 무슨 일이든 꾸준히 잘해 냈다. 일터에서 온종일 땀에 절어 숨을 헐떡거렸다. 누가 말을 걸면, 가쁜 숨을 몰아쉬며 한 문장을 잘게 쪼개 입에 올렸다.

"자네, 어제는 어디서 일했나?"

"쓰레기, 장에서, 병하고, 쇠붙이하고, 골라냈어요."

난닝구가 속셔츠를 벗어 훌훌 털자 소금 알갱이가 풀풀 날렸다. 벌게진 얼굴을 거친 수건으로 문지르면 목욕탕에서 때가 밀리듯이 검게 탄 살갗이 벗겨졌다.

저녁때 난닝구는 꼭 동네 시장에 들렀다. 생선가게 주인이 난닝구를 보자마자 말했다.

"그거하고 그거 주면 되지?"

고개를 끄덕인 난닝구는 주머니에서 꼬깃꼬깃한 돈을 꺼냈다. 꽁치와 고등어가 든 비닐봉지를 받아들고 털레털레 집으로 돌아갔다. 개들이 달려가 반기며 봉지를 물어뜯으려 했다.

"이 녀석들아, 이따가 생선뼈 줄게 기다려."

난닝구가 집 안으로 들어서며 외쳤다.

"여보, 나 왔어요!"

난닝구는 집 앞에 화덕을 내놓고 숯불을 피웠다. 숯불에 석쇠를 놓고 생선을 올려 솜씨 있게 뒤집으며 구웠다. 정성껏 생선구이를 만든 뒤에야 수건을 들고 골짜기 개울로 내려갔다. 땀에 전 속셔츠를 훌렁 벗고 엎드려뻗쳤다.

외아들 동철이 바가지로 개울물을 떠 아버지 등에 뿌렸다. 아버지는 물 한 바가지에 한 번씩 같은 소리를 내질렀다.

"으, 시원하다! 아으, 시원하다, 시원해!"

동철의 어머니는 바지라고는 헐렁한 호랑무늬 몸뻬 두 벌밖에 없었다. 그래서 호랑무늬라는 별명으로 불렸는데, 밭일을 잘하기로 소문나서 농사철에는 부르는 사람들이 줄을 섰다. 아무리 불러도 대꾸가 없으면 집으로 찾아가 빌었다.

"우리 좀 도와줘. 모레 비 온다니까 내일은 끝내야 해."

곁에 선 여인이 어깨를 들이밀었다.

"우리 집 일부터 해 주면 안 될까? 앞서보다 품삯 더 쳐줄게."

호랑무늬는 호미를 들고 쪼그리고 앉아 하는 일에서 남달랐다. 봄에는 고랑의 흙을 긁어 감자 싹 둘레에 얹고, 옥수수 싹을 솎아내며 풀을 뽑았다. 여름에는 고구마밭 고랑을 기며 김을 맸고 감자를 캤다. 가을날 고구마를 캘 때도 휙휙 쓱싹쓱싹 호미 다루는 솜씨를 뽐냈다.

다른 사람들은 이삼십 분마다 일하다 말고 일어났다. 등허리에 손등을 대고 겨우 느릿느릿 허리를 펴며 앓는 소리를 했다.

"아이고, 허리야!"

그러면 전염병을 앓듯이 또 하나가 똑같은 몸짓으로 일어났다.

"아이고오오, 내 허리 끊어진다!"

그러나 호랑무늬는 새벽 밭에 엎드리면 새참을 먹을 때까지 줄곧 그 자세였다. 손으로 허리를 짚고 일어날 때 신음소리를 낸 적이 없었다. 잠깐 무얼 주우려고 허리를 구부렸던 사람처럼 부드럽고 빠르게 쑥 일어났다. 점심 먹고 나서 해가 떨어질 무렵까지는 오줌 누러 갈 때를 빼고 밭에 들러붙어 꼼짝하지 않았다.

아낙네 하나가 혀를 내둘렀다.

"허리가 고무야, 고무 허리라고."

그때부터 동철 어머니는 호랑무늬에서 고무허리로 별명이 바뀌었다.

"고무허리, 내일은 어디서 일해?"

"아랫마을로 배추 심으러 가요."

"모레도 배추 심나, 고무허리?"

"윗마을로 고추 따러 가요."

동철도 썩 잘하는 게 몇 가지 있었다. 무엇보다 달리기를 잘했다. 걸음마를 뗀 뒤로 아무 일 없는데 괜히 달렸다. 친구들이 많이 사는 아랫마을 골목에서 저쪽 끝까지 쌩 달려갔다가 쌩 달려왔다. 잠깐 뒤에 되돌아 골목 끝까지 달렸다. 스무 번쯤 왕복하고서도 전혀 숨을 몰아쉬지 않았다.

친구들이 물었다.

"또 달릴 수 있니?"

"응, 언제든 말만 해."

동철은 친구들을 위해 달리는 것처럼 말했다. 곧 활짝 웃으며 다시 골목길을 달리기 시작했다. 친구들이 어디론가 멀리 놀러간 뒤에도 달렸다.

달리기뿐 아니라 손재주가 뛰어난 동철은 구슬치기와 옷핀 따먹기에서 모든 아이들을 앞섰다. 구슬과 옷핀이 온 집 안을 굴러다녔다. 공 세 개를 허공에 동시에 띄우고 받는 저글링도 남달랐다. 바닥에 밥그릇 세 개를 놓고 살짝살짝 들었다 내리며 동전을 옮기는 솜씨 또한 눈부시기 이를 데 없었다.

한 가지만은 아예 처음부터 잘하지 않는 쪽이 나았다. 동철은 다른 사람 주머니에 든 걸 번개처럼 빼냈다. 이 재주를 아버지 앞에서 뽐냈다가 두꺼비 같은 손에 뺨을 얻어맞았다.

"이놈아, 누가 이런 짓 하랬어?"

동철은 아버지의 바지 주머니에서 빼낸 지갑을 앞에 들고 있었다.

"이리 내!"

지갑을 확 낚아챈 아버지는 식식대며 집 안으로 들어갔다. 지갑 속에 든 지폐 두 장이 감쪽같이 사라졌다는 건 알아채지 못했다. 열린 창으로 아버지 목소리가 흘러나왔다.

"짜식이 말이야, 어디서 이상한 걸 배워 와 사람을 놀려."

동철네 집은 춘천 동쪽 구봉산 자락에 있었다. 어마하게 큰 바위 밑에 장대와 판자와 골판지로 대충 지었다. 겨울에 눈이 많이 오면 바위에 쌓인 눈이 스르르 미끄러져 지붕을 덮쳤다. 으레 벌어지는 일이어서 가족 모두가 그러려니 했다. 거의 주저앉은 집으로 겨우 기어들어가 잔뜩 웅크린 채 겨울을 보냈고, 이듬해 봄에 다시 집을 일으켜 세웠다.

어느 해 겨울 폭설에 또다시 집이 주저앉았다. 그때 동철은 도청 뒤쪽 봉의동에 있는 할머니 집에 가 있었다. 큰일이 벌어졌대서 구봉산 집에 돌아가 보니, 마을사람들이 무너진 집에서 어렵게 꺼낸 난닝구와 호랑무늬 몸뻬 부부가 가마니에 얼굴까지 덮여 길게 누워 있었다.

하룻밤 사이에 고아가 된 동철은 할머니 집으로 돌아갔다. 폐지를 주우며 사는 할머니 집에 있는 것들은 이불이건 셔츠건 수건이건 모두가 숭숭 구멍이 났다. 언제 부욱 찢어지더라도 전혀 이상하지 않았다. 베개를 당기면 베갯잇이 찢어졌고, 행주를 당기면 행주가 찢어졌다.

동철은 실수로 무얼 하나 찢을 때마다 어른처럼 휴우 한숨을 쉬며 울먹였다.

"할머니, 또 찢어졌어."

할머니가 동철을 달랬다.

"괜찮아. 네가 오늘 안 찢었으면 할미가 내일 찢었을 거야."

17

동철은 학교 비슷한 곳에도 다니지 못했다. 여덟 살 때부터 이웃집 아저씨가 끄는 리어카를 따라다니며 종이와 쇠붙이 같은 고물을 주웠다. 할머니가 돌아가신 다음 십대 시절도 그렇게 보냈다. 오늘도 고물, 내일도 고물이었다. 열두 살 생일 때도 고물을 주웠고, 열다섯 살 생일 때도 고물을 주웠다.

이십대에 들어서며 동철은 봉의동에 작은 고물상을 차렸다. 고물을 주워 팔러 오는 할머니들이 말했다.

"무게 잘 재어 보고, 값 좀 잘 쳐주어."

"내 것도 빨리 봐 줘. 손주들 때문에 어서 집에 가 봐야 해."

동철은 사장 소리를 들어보려고 돈을 들여 명함을 만들었다. 보는 사람한테마다 명함을 나누어주며 우쭐댔다.

"사장 노릇하기가 참 힘들어요. 아무나 사장 못해요."

동철은 훔친 물건인 줄 모르고 영국제 전축을 받았다가 경찰한테 붙들렸다.

"이게 누구네 건지 알아?"

"몰라요."

"춘천 검사장."

"그게 뭔데요?"

"이 자식, 끝까지 시치미 떼네!"

고물상을 샅샅이 뒤진 경찰은 장물을 열 점이나 더 찾아냈다. 경찰한테 흠씬 두들겨 맞고 구치소에 들어간 동철은 넋이 빠졌다. 유난히 하품이 많은 국선 변호사라는 사람을 잠깐 만났으며, 재판에서 일 년 징역형을 선고 받고 춘천 교도소에 갇혔다.

하루에 한 번씩 산책 시간마다 동철은 운동장 구석으로 갔다. 그곳에서 무릎에 얼굴을 묻고 죽은 듯이 앉아 있었다. 가끔 고개를 들면 저만치에 모인 사람들이 보였다. 눈이 부리부리한 사내 하나가 가운데 앉고, 여럿이 빙 둘러앉아 사내의 이야기를 듣고 있었다.

그 사내는 원주에서 민의원 선거에 두 번이나 출마한 사람인데, 서대문 교도소에서 얼마 전에 옮겨왔다고 했다. 감옥에서는 서로를 수인 번호로 부르기 때문에 이름은 알 수 없었다. 전쟁 직후 원주에 학교를 세운 교육자라는 사실 정도가 죄수들 사이에 알려져 있었다.

어느 날 동철이 같은 자리에서 졸고 있을 때였다. 인기척이 나기에 돌아보니 눈이 부리부리한 사내가 곁에 앉아 있었다. 삼십 대 중반으로 보이는 사내는 기다렸다는 듯이 빙긋 웃으며 동철에게 말했다.

"내가 재미난 이야기 하나 해 줄까?"

동철이 대답 대신 눈을 끔벅였다.

"사형수들은 언제 불려가 죽을지 모르잖아. 그러니까 세상에 나가 무언가를 해 볼 꿈이나 희망이 없단 말이지. 처음에는 안절부절못하며 지내다가 어느 순간부터 마음이 아주 편안해진다네."

손가락으로 땅바닥에 쥐를 한 마리 그리며 덧붙였다.

"감방 벽에 난 구멍으로 쥐들이 들락거려. 얘들에게 밥을 나눠 주다 보면, 나중에는 얘들이 전혀 겁을 안 내. 사형수가 내미는 손을 타고 올라오고, 바닥에 누운 몸 위로도 올라와 찍찍거리며 놀아. 사형수가 아무런 사심이 없고 자기를 해칠 마음이 없다는 걸 알아채고 그런단 말이야. '너는 나고 나는 너다' 하는 교감이 이루어지면, 어떤 두려움이 파고들 틈도 없어진다, 이 말씀이야."

동철은 사내의 말을 절반도 이해하지 못했다. 그러나 쥐들과 서로 친구가 되면 덜 심심하겠구나 하는 생각이 들었다.

이튿날 밥을 좀 떼어 놓았다가 운동장에 들고 나갔다. 저만치 바닥에 밥을 내려놓자 새들이 와 먹고 쥐들이 와 먹었다. 다음날 그곳에 갔더니 새들과 쥐들이 미리 와 기다리고 있었다.

동물들과 친구가 된 동철은 예전처럼 감옥 생활이 답답하거나 따분하지 않았다. 어느 날에는 쥐들이 동철의 발등에 올랐고, 또 어느 날에는 참새가 동철의 어깨에 내려앉았다. 동철은 동물들에게 어린 시절에 동무들과 재미나게 놀던 이야기를 들려주었다. 동물들이 찍찍거리고 짹짹거리며 대꾸했다.

형기를 마치고 감옥에서 나온 동철은 춘천 시청 앞 명동으로 갔다.

'이제 뭐 해서 먹고살지?'

길목마다 구두닦이가 하나씩 앉아 있었다.

'그래, 바로 저거야. 내가 손재주가 좀 있잖아.'

이튿날부터 동철은 새로운 직업에 몸담았다. 손님이 앉을 의자, 구둣솔과 구두약, 광목 천, 못 쓰는 칫솔, 그렇게 몇 가지만 있으면 되었다. 손이 빠른 동철은 다른 구두닦이들이 한 켤레를 닦을 때 이미 두 켤레를 닦고 다른 구두를 집어 들었다.

점심시간을 앞두었을 때는 이 건물 저 건물로 쏜살같이 내달리며 구두를 모았다. 어느 날 춘천중학교 맞은편 건물 사무실로 들어간 동철은 코끝에 흙이 살짝 묻은 구두를 보았다. 노란 셔츠를 입은 사내가 그 구두를 신고 사무를 보고 있었다. 씩 웃으며 쌩 달려간 동철은 슬리퍼를 곁에 내려놓고 쪼그려 앉아 두 손으로 구두를 잡았다.

"구두 닦쇼."

노란 셔츠는 구두를 안 벗으려고 발목에 잔뜩 힘을 주었고, 동철은 구두를 벗기느라 온힘을 쏟았다. 노란 셔츠가 별안간 손바닥으로 동철의 뒤통수를 짝 때렸다.

"야, 인마! 안 놓을래?"

동철은 얼떨결에 구두를 놓쳤고, 노란 셔츠는 벌렁 나자빠졌다. 벌떡 일어난 노란 셔츠가 파랗게 질린 얼굴로 눈을 부라렸다.

"이 새끼가 진짜!"

슬리퍼를 집어 들더니 동철에게 냅다 던졌다.

"다시는 우리 사무실에 들어오지 마!"

동철은 자기 가슴팍을 때리고 바닥에 떨어진 슬리퍼를 물끄러미 내려다보았다. 슬리퍼를 도로 천천히 집어 들어, 야구 투수처럼 한쪽 다리를 높이 들었다 내리며 노란 셔츠를 겨누고 힘껏 던졌다.

"악!"

슬리퍼에 얼굴을 정통으로 얻어맞은 노란 셔츠는 비명을 지르며 휘청거렸다. 무언가를 잘못 밟고 벌렁 넘어져 화분에 뒤통수를 퍽 찧었다. 다른 동료들이 잇달아 비명을 지르며 노란 셔츠에게 달려갔다.

동철은 재빨리 사무실을 나서 계단을 내려갔다. 건물 밖으로 나가 한 시간을 쉬지 않고 달렸다. 잠깐 속도를 늦추었다가 또다시 한 시간을 달렸다. 숨이 턱 끝까지 올라올 때 마음이 좀 가라앉았고, 어느 가게 앞에 털썩 앉아 숨을 골랐다.

가게 앞 스피커에서 일기예보가 나왔다.

"내일 강원도 산간지방에 눈이 많이 올 것으로 예상됩니다. 모두 단단히 대비하셔야겠습니다."

마침내 눈이 펑펑 내리기 시작했다. 동철은 아버지와 어머니의 목숨을 앗아간 구봉산 골짜기의 폭설이 퍼뜩 떠올랐다. 어깨를 파닥 떨며 일어나 발길 닿는 대로 떠돌다가 버스 터미널로 갔다. 막 버스 한 대가 떠나려 했다.

버스에 오른 동철은 홍천과 횡성을 지나 원주로 갔다. 터미널에서 내려 어느 이층집 옥탑방으로 사촌형을 찾아갔다.

"잘 왔다. 마침 연습하는 중인데, 잘 봐."

사촌형이 방 복판에 마네킹을 세워 놓고 동철에게 말했다.

"이리로 손이 슬며시 돌아가는 거야. 양복 안주머니에서 지갑을 꺼내 밑으로 떨어뜨리면, 다른 손이 잽싸게 지갑을 받아 뒷사람에게 전달하는 거야. 행여나 붙들리더라도 안전하겠지?"

사촌형은 동철에게 돌아섰다. 신문을 펼쳐 들고 바짝 다가섰다.

"지금 우리 둘은 버스를 타고 어딘가로 가고 있어. 버스가 크게 흔들릴 때를 기다려, 앞으로 넘어지는 척하며."

사촌형은 동철을 슬쩍 껴안고 잠바 안주머니에서 지갑을 꺼냈다. 순간 동철이 지갑을 든 사촌형의 손을 꽉 잡아 비틀었다.

"아야야, 동철아, 손 좀 놔라! 시범 보이는 거잖니. 실전에서는 훨씬 빨라야 해."

동철이 직접 나서 지갑을 훔치는 동작을 해 보였다. 어찌나 빠르던지 마네킹이 놀라 눈을 크게 떴고, 사촌형은 손바닥을 내보이며 입을 쩍 벌렸다.

"나이가 들수록 손가락이 굳는 법인데, 너는 아주 손놀림이 부드러워. 앞으로 크게 될 놈이다."

"뭐가 크게 되는데요?"

"나중에 천천히 알려 줄게."

동철은 다음날 온종일 늘어지게 잠을 잤고, 그 다음날부터 소매치기로 일하기 시작했다. 활동 무대는 우산동 버스 터미널이었다. 몇 번 현장에서 붙들렸지만 증거가 없어 풀려났다. 사촌형과 함께 서로 도우며 일했기 때문이었다.

어쩌다 사촌형이 화장실에 간 사이에 일을 벌였다가 들켰더라도 전혀 걱정할 게 없었다. 아무도 달리기 선수 동철을 따라잡지 못했다. 동철은 자기한테 꼭 맞는 직업을 찾았다는 생각에 무척 기뻤다.

여러 해를 어제가 오늘이고 오늘이 내일인 듯 살던 동철은 중매를 통해 여자를 하나 만났다. 원주고 건너편 메기 매운탕 집 주방에서 일하는 여자였다. 이들은 결혼식을 건너뛰고 부부가 되어, 명륜동 향교 뒤쪽에 있는 다세대 주택 반지하방에 살림을 차렸다. 이때 동철은 집에서 더 가까운 원주역으로 일터를 옮겼다.

동철의 아내는 고집이 무척 세어 남편 말을 선선히 들어주는 법이 없었다.

"우리, 짜장면 먹으러 나갈까?"

"싫어요, 집에서 밥 먹어요."

"내일 아침에 좀 깨워 줘."

"알아서 일어나요."

동철은 이따금 고향 춘천이 눈물 나게 그리웠다. 어렸을 때 같이 놀던 친구들은 무얼 하고 사는지 궁금했다. 공지천과 소양강 나루터뿐 아니라 부모를 앗아간 구봉산 골짜기까지 머릿속에 어른거렸다.

"우리, 춘천으로 이사할까?"

아내가 숨도 안 쉬고 비바람이 몰아치듯이 대꾸했다.

"나는 원주에서 태어났고 쭉 원주에서 살았고 앞으로도 죽을 때까지 원주에서 살 거예요."

아내는 이듬해 아기를 낳고 몸져누웠다. 다시 해가 바뀌고 또 바뀌어도 좀처럼 기운을 차리지 못했다. 아기와 함께 온종일 반지하방에서 지내며 반찬값을 벌었다. 며칠에 한 번씩 짐꾼이 커다란 보따리를 내려놓고 갔다. 아내는 보따리를 풀어 양복 윗도리와 셔츠를 꺼내 단추를 달았다.

아내와 아들은 동철이 반듯한 직장에 다니는 줄 알았다. 아침에 출근할 때 문간에 서서 손을 흔들었다.

"여보, 회사 잘 다녀오세요."

"아부지, 맛있는 거 많이 사 오세요."

자기 최면에 걸린 동철은 스스로를 직장인으로 믿었다. 늘 스스로에게 다짐하며 각오를 다졌다.

'돈 없고 가방끈 짧고, 잘난 기술도 없잖아. 이 직장에 우리 세 식구 목숨이 달려 있어. 딴생각 말고 열심히 일하자.'

18

지난 칠월 말에 대학생 둘이 원주역 건물 옥상에 올랐다. 이들은 '독재정권 타도하자'라고 적힌 현수막을 좌우로 쫙 펼쳐 들었다. 옥상 앞쪽 턱에 올라 아슬아슬 휘청대며 구호를 외쳤다.

"독재자는 물러나라! 광주학살 주범을 처단하라!"

전국 각지에서 많은 젊은이들이 기차를 타고 원주로 몰려올 때였다. 여름방학을 맞아 치악산과 섬강 유원지에 가려는 청소년과 대학생들이었다. 배낭을 메고 역 앞에 선 젊은이들은 멍하니 옥상을 올려다보았다.

신고를 받고 역전 파출소 순경들이 허둥대며 달려왔다. 학생들의 구호와 현수막 내용에 신경 쓸 겨를이 없었다. 옥상을 향해 빽 소리쳤다.

"이 녀석들아, 위험해! 떨어지면 어쩌려고! 어서 뒤로 물러나!"

순경 셋 가운데 하나는 역 앞에 남아 계속 두 손을 내저으며 소리쳤다. 나머지 둘은 옥상으로 달려 올라갔다.

그때 원주역 옥상 위로 열기구가 붕 떠올랐다. 노랗고 빨간 색깔이 파란 하늘빛과 아주 잘 어울렸다. 열기구 바구니 아래로 아까 보았던 현수막이 길게 펼쳐졌다.

역 앞에 선 사람들이 박수치며 탄성을 질렀다.

"와, 정말 멋지다!"

순경이 방망이를 흔들었다.

"지금 한 말을 후회하게 해 주겠어. 꼼짝 말고 그 자리에 서 있어!"

순경은 경찰서에 무전을 쳤다.

"원주역 앞에 불순분자들이 수십 명 모여 있다. 병력을 지원해 주기 바란다, 오버!"

모든 사람들이 재빨리 사방으로 흩어져 달렸다. 무슨 영문인지 모르고 덩달아 달아나는 이들도 있었다. 곧 원주역 앞은 행상들만 남고 텅 비었다.

이튿날부터 날마다 사복형사 대여섯 명이 역 앞에 나타났다. 이들은 온종일 눈빛을 번득거리고 주위를 살피며 광장을 지켰다. 대학생처럼 보이는 젊은이들을 보는 대로 검문했다.

뜨거운 옥상에도 형사 하나가 올라갔다. 어깨를 축 늘어뜨리고 어슬렁거리며 한여름 땡볕과 싸웠다. 여느 때 자기는 전혀 더위를 타지 않는다고 큰소리치던 형사였다.

"잘난 체하느라 그랬던 건데, 이런 일이 벌어질 줄이야!"

하늘을 올려다보며 빌었다.

"제발 구름으로 해 좀 가려 주세요."

형사들은 팔월 초에 뜻하지 않게 부수입을 올렸다. 친구들과 함께 원주에 여행 온 젊은이의 배낭에서 지갑을 꺼내던 소매치기를 잡았다. 늘 원주역에서 활동하던 소매치기가 아니었다. 친척을 보러 왔다가 태백으로 돌아가던 길에 기차표 값이라도 챙기려다가 붙들렸다.

며칠 뒤에는 카메라를 훔쳐 달아나던 소매치기가 형사와 정면으로 부딪히며 넘어졌다. 소매치기는 북어처럼 비쩍 말랐고 형사는 북극곰처럼 덩치가 컸다. 이 소매치기는 오랜만에 병든 어머니를 찾아뵙고 서울로 돌아가던 길이었다. 무릎이 벗겨지고 발목을 벤 소매치기가 신음하며 겨우 일어났다.

카메라를 되찾은 아가씨는 형사 손을 꼭 잡았다.

"멀리 대전에서 치악산을 찍으러 왔는데요, 하마터면 빈손으로 돌아갈 뻔했어요. 정말 고맙습니다."

형사가 수갑을 찬 소매치기를 가리켰다.

"나는 가만히 서 있었어요. 스스로 붙들린 이 친구에게 고맙다고 하세요."

매처럼 날카로운 형사들의 눈 때문에 원주역 소매치기들은 제대로 일할 수 없었다. 다른 지역에서 온 소매치기들이 붙들린 뒤로 더욱 움츠러들었다. 한 달 내내 손맛을 본 사람이 전혀 없었다.

이동철도 마찬가지였다. 날마다 원주역에 갔다가 손바닥을 맞부딪쳐 먼지를 털며 집에 돌아갔다.

'소매치기 열 해 동안 이런 일은 처음이야.'

원주 아래쪽 제천 버스 터미널로 무대를 옮겨 보았다. 운 좋게 이틀 사이에 세 번 소매치기에 성공했다. 하룻밤 여인숙에서 잘 수 있는 돈을 훔쳤고, 꽤 비싼 롤렉스 시계를 훔쳤다. 아직 한 번도 쓰지 않은 몽블랑 만년필도 훔쳤다.

집에 다녀오려고 차표를 끊던 동철은 제천 토박이 소매치기들과 맞닥뜨렸다. 그들이 양쪽에서 동철의 겨드랑이에 팔을 꼈다.

"어, 왜 이래?"

"잔말 말고 따라와."

그들은 동철을 골목으로 끌고 가 흠씬 두들겨 팼다.

"이곳에 또 얼씬거렸다가는 뼈도 못 추릴 줄 알아."

동철은 집에서 뜨거운 선풍기 바람을 쐬고 피멍을 가라앉히며 여름을 났다. 아내가 물었다.

"회사에 안 가도 돼요?"

"우리 회사는 목욕탕하고 비슷해. 여름에는 문 안 열어."

구월로 접어들었을 때였다. 우산동 버스 터미널에서 다시 반정부 시위가 벌어졌다. 남학생 둘과 여학생 하나가 터미널 대합실에서 구호를 외쳤다. 한 달 전 원주역 옥상에서 대학생들이 외쳤던 구호와 같았다.

"광주학살 주범을 처단하라!"

할머니 하나가 귀를 손으로 막으며 소리쳤다.

"아휴, 이놈들아, 밖에 나가서 해!"

대학생들은 순순히 버스 승강장으로 나가 다시 구호를 외쳤다. 경찰들이 달려오기 전에 터미널 뒷골목으로 달아났다. 미리 세워둔 오토바이 두 대를 나누어 타고 번개처럼 사라졌다.

다음날 원주역에는 형사 하나만 남았다. 나머지는 모두 우산동 버스 터미널로 근무지를 옮겼다. 터미널에서 활동하던 소매치기들에게 우울하고 배고픈 날이 시작되었다. 반대로 원주역 소매치기들은 물 만난 고기처럼 신바람이 났다.

19

동철은 추석을 하루 앞둔 날 아침에 기분이 아주 상쾌했다. 오랜만에 길고 깊게 잠을 잘 잤다. 좋은 꿈을 꾼 듯한데 내용은 생각나지 않았다. 돼지를 많이 본 것만 어렴풋이 떠올랐다.

집을 나선 동철은 어깨를 쫙 펴며 깊이 숨을 들이쉬었다. 손을 크게 흔들고 씩씩하게 걸어 오랜 직장인 원주역으로 돌아갔다. 추석 대목을 맞아 제대로 목표물을 고르기로 마음먹었다.

'확실하게 큰 거 한 방 터뜨리자.'

기차에 오른 동철은 경기도 양평으로 갔다. 속이 출출해 양평역 앞 시장 골목으로 들어갔다. 어느 가게 진열대에 족발이 푸짐하게 쌓여 있었다. 기름을 바른 듯 반질반질한 밤색 족발이 무척 쫄깃하고 맛있어 보였다.

"살 거예요, 말 거예요?"

족발집 주인이 밖을 내다보고 물었다. 동철은 주머니에서 돈을 꺼내 세어 보고 걸음을 옮겼다. 분식집으로 들어가 라면을 시켜 먹고, 역으로 돌아가 청량리에서 오는 중앙선 기차에 올랐다.

고향으로 가는 귀성객들로 기차 안이 미어터졌다. 차창 밖으로 사람들이 튕겨 나갈 것만 같았다. 여기저기서 발을 밟히고 옆구리를 꼬집힌 사람들이 비명을 질렀다. 동철은 겨우겨우 입석 손님들을 헤치고 안쪽으로 파고들어갔다. 먹잇감을 금세 찾아내고 눈을 크게 떴다.

'아니, 이게 웬 떡이야?'

창가 쪽 자리에 앉은 여인 하나가 무릎에 얹은 가방을 꼭 끌어안고 있었다. 열 손가락에 핏기가 가셨다가 돌아오기를 되풀이했다. 동철은 주먹을 쥐고 살짝 흔들며 속으로 외쳤다.

'그래, 바로 저 가방이야!'

이제 남은 문제는 저 여인이 어디까지 가느냐 하는 것이었다. 만일 종착역인 경주까지 간다면 오늘 일이 길어지게 생겼다. 동철은 그런 경우까지 마음에 두었다.

'경주 여관에서 자고, 내일 구경 좀 하고 집에 돌아가자.'

나이가 쉰 줄에 들어 보이는 여인은 곁에 앉은 할머니와 대화를 나누었다. 이야기 가운데 더없이 반가운 단어가 나왔다. 할머니가 물었다.

"원주는 뭐가 유명하노?"

"원주는 무엇보다 치악산이 유명하고요, 포도와 복숭아 같은 과일이며 고구마 농사가 잘 되어요."

여인이 가는 곳은 바로 동철이 사는 곳이었다. 동철의 얼굴이 환해졌고 입이 벌어졌다. 짐짓 아쉬운 척하며 속으로 중얼거렸다.

'경주 여행은 다음으로 미루자. 그때는 아내하고 아들하고 같이 가자.'

할머니가 눈을 감고 꾸벅꾸벅 졸면서 대화는 끝났다. 여인은 앞쪽 의자 등받이를 바라보며 꼼짝도 하지 않았다. 겉으로는 짐짓 태연한 척했다. 그러나 동철이 잘 지켜보니 가방이 오르내리는 움직임이 느껴졌다. 여인은 한껏 깊이 숨을 들이쉬었다가 내쉬고 있었다.

동철은 적지 않은 돈이 가방에 들어 있음을 알아챘다. 그 여인처럼 깊이 숨을 들이쉬었더니, 지폐 냄새가 훅 하고 코로 빨려 들어왔다. 동철은 두 손을 번쩍 들고 박수를 치려다가 얼른 자기 뺨을 어루만졌다.

그때부터 기차가 원주역에 도착하기까지, 동철은 지금껏 살아온 가운데 가장 긴 시간을 보냈다. 사나흘, 아니 열흘은 흐른 듯했다. 조바심에 속이 타서 온몸을 비비 꼬았더니 허리와 어깨와 팔다리가 쑤셨다. 곁에 선 사내가 핀잔을 주었다.

"이보시오, 가뜩이나 비좁은데 그만 좀 꼼지락거리시우."

마침내 동철이 목을 길게 뽑고 기다리던 안내 방송이 나왔다.

"다음은 원주, 원주역입니다. 내리실 승객은 미리 출입구로 나가 주시기 바랍니다."

가방을 끌어안은 여인이 화들짝 놀란 얼굴로 일어나 할머니와 인사를 나누었다.

"안녕히 가세요."

"야, 가시더. 집안 대사 잘 치루소."

여인이 통로로 나왔고, 동철은 여인을 바짝 뒤쫓았다. 기차에서 내린 뒤에 여인을 따라 철길을 건넜다.

여인은 개표구가 가까워지자 앞에 안고 있던 가방을 밑으로 내려 지퍼를 열었다. 그때를 놓칠세라 동철은 여인의 왼쪽 팔뚝을 꽉 움켜잡았다.

"어머, 왜 이러세요?"

여인이 비명소리를 내며 왼쪽으로 고개를 돌렸다. 그 순간 동철은 번개처럼 오른손을 여인의 옆구리 앞쪽으로 돌렸다. 가방 속에 든 보자기에 싼 돈뭉치를 꺼내 자기 가방에 넣었다. 개표구를 향해 다가가며 병목 현상을 일으키는 무리를 벗어나 번개처럼 달렸다.

"어머나!"

다급한 비명이 이어졌다.

"어머나! 어머나! 큰일 났네!"

여인이 내지르는 소리는 역사 가득히 웅성거리고 떠드는 소리와 뒤섞였다. 동철은 달리기를 멈추고 철길을 따라 잰걸음으로 걸었다. 울타리를 타넘어 철공소들이 늘어선 골목으로 내려섰다.

한 철공소 창문에서 누군가 자기를 쳐다보는 듯했다. 동철은 그쪽으로 눈을 돌리지 않았다. 숨을 고르며 천천히 걸어 원주역에서 멀어져 갔다.

20

동철은 생전처음 돈다운 돈을 손에 넣었다. 쉰 가마니 넘게 쌀을 살 수 있는 돈이었다. 집에 가자마자 방문을 열고 조그맣게 외쳤다.

"회사에서 추석 보너스 나왔어!"

동철은 반지하방 밖으로 아내와 아들을 데리고 나갔다. 시내 복판의 이름난 중국집 태평양반점으로 들어갔다. 탕수육과 짜장면과 군만두를 식탁이 넘치게 시켰다.

어린 아들이 자꾸 물었다.

"아부지, 이거 먹어도 돼요?"

"그럼, 먹어도 되고말고."

"이것도 먹어도 돼요, 아부지?"

"그럼, 먹어도 되지. 다 먹으면 또 시켜 줄게."

세 식구는 중국집을 나서 중앙시장으로 갔다. 쇠고기와 시루떡과 송편, 사과와 배와 온갖 나물을 샀다. 아내는 자꾸 이것저것 집었다가 놓았다. 동철이 그것들을 모두 바구니에 담았다.

"먹고 싶은 거, 사고 싶은 거, 당신 맘껏 사. 추석빔도 한 벌씩 사자고."

동철은 두 식구를 데리고 좌우로 길고 높은 건물을 통째로 쓰는 자유시장으로 갔다. 옷가게에서 아내에게 겨울 코트를 사 주었다. 코트를 입은 아내는 두 팔을 양옆으로 벌렸고, 몇 번이나 제자리 맴을 돌았다. 비틀거리며 남편 손을 잡고 고개를 갸웃했다.

"왜 이리 어지럽지요?"

"너무 많이 돌았나? 반대로 돌아서 풀어."

남편은 양 어깨를 잡아 아내를 팽이처럼 빙그르 돌렸다.

"어머나, 신기해요. 하나도 안 어지러워요!"

동철이 아들을 돌아보았다.

“우리 아들한테는 무슨 옷 사 줄까?”

“스머프 잠바요.”

동철네 집에는 티브이가 없었다. 그러나 아이는 티브이 만화영화 주인공 스머프가 엄청난 인기를 끌고 있다는 걸 잘 알고 있었다. 동철은 아이에게 하얀 모자를 쓴 파란 스머프가 등 쪽에 그려진 잠바를 사 입혔다.

아이는 폴짝폴짝 뛰며 아버지 팔을 잡아당겼다. 아버지가 키를 낮추자 볼에 입을 맞추었다.

“우리 아부지 최고!”

아내가 낡을 대로 낡은 남편의 잠바 소매에서 실밥 하나를 잡아 뜯었다.

“당신도 한 벌 사지 그래요?”

동철이 반들반들한 검정색 가죽 잠바를 가리켰다.

“이거 어때?”

“잘 어울릴 것 같아요.”

“그럼 난 이걸로 할게.”

세 사람은 자유시장에 들어갈 때와 전혀 다른 사람이 되어 나왔다. 낯빛이 한껏 밝아졌고 말수가 늘었다. 저마다 서로 얼굴을 바라보고 고개를 갸웃하며 웃었다. 이렇게 주고받을 말이 많은 줄 미처 몰랐다는 표정이었다.

추석날 아침 세 식구는 차례 상을 차려 놓고 양가 부모님께 절을 올렸다. 혼인한 뒤에 처음으로 올리는 차례였다. 음식이 많이 남아 온종일 먹고 또 먹었다. 추석이 사흘이나 지난 지금까지도 불룩하게 올라온 세 식구의 배가 꺼지지 않았다.

21

동철은 배를 쓰다듬고 두드리며 원주역으로 갔다. 앞으로 여러 달 일을 안 해도 먹고 살 수 있었다. 그러나 연거푸 사흘을 쉬었더니 좀이 쑤셨다. 두 그루 단풍나무 그늘에는 많은 사람들이 모여 있었다.

'이상하네. 뭔 일 있나?'

동철은 역사로 들어가 안쪽을 한 바퀴 둘러보고 오른쪽 출입구로 나갔다. 군인들이 드나드는 여행 장병 라운지 입구에서 단풍나무 쪽을 바라보았다. 나이가 쉰댓 살 되어 보이고 벙거지를 쓴 아주 평범해 보이는 사내가 사람들 앞에 서 있었다. 사내는 두 손을 바삐 움직이며 밝은 얼굴로 이야기를 늘어놓았다.

누군가 슬며시 동철에게 다가서며 어깨를 툭 쳤다. 얼굴은 아는데 이름을 모르는 사내였다. 그가 동철과 나란히 서서 단풍나무 쪽을 바라보며 물었다.

"설마 자네는 아니겠지?"

동철과 그 사내는 원주역에서 자주 서로 스쳐 지나갔다. 같은 일을 한다는 걸 느낌으로 알고 있었다.

"그게 무슨 소리야?"

사내는 동철에게 추석 전날 어느 여인이 원주역에서 소매치기를 당했다며 덧붙였다.

"저기 저 사람이 그 돈을 훔친 자를 찾고 있어. 어느 집 딸내미 혼수를 살 돈이라네."

동철은 헉 하고 숨을 멈추었다. 얼굴이 금세 붉어졌고 심장이 터질 듯이 아파 왔다. 곁에 선 사내가 자기 얼굴을 쳐다보지 않기를 간절히 바랐다.

"저 사람 이름이?"

"모두들 봉산동 장 선생이라고 부르더라고."

"자기 일도 아니잖아. 왜 나선 거래?"

"왜 있잖나, 남의 일에 참견하기 좋아하는 사람."

동철은 장 선생이 지금 단풍나무 그늘에서 다른 사람들과 무슨 얘기를 주고받는지 궁금했다. 그러나 서로 눈이 마주칠까 봐 걱정되어 좀처럼 발이 떨어지지 않았다. 왼손을 바지주머니에 찔러 넣고 밖에 내놓은 오른손 다섯 손가락을 꼼지락거렸다. 소매치기를 하며 생긴 오랜 버릇이었다.

동철은 손가락 움직임을 뚝 그치고 숨을 길게 내쉬었다. 낯을 일그러뜨리며 속으로 툴툴거렸다.

'일이 단단히 꼬였어. 골치 아프게 생겼네.'

저녁 때 동철은 집으로 돌아가려고 터벅터벅 원주역을 떠났다. 어깨를 축 늘어뜨린 채 중앙시장 쪽으로 길을 건너 시공관으로 다가갔다. 매표구 앞에 영화를 보려는 이들이 길게 줄서 있었다.

동철의 눈에 점박이가 들어왔다. 점박이는 저만치 순댓국 집 처마 밑에 물러서서 극장을 드나드는 사람들을 몰래 살피고 있었다. 동철을 보고 움찔했다.

'저 녀석, 수상한걸. 나한테 뭔가 숨기는 게 있어.'

동철은 점박이더러 가까이 오라고 손짓했다. 점박이가 동철에게서 눈을 떼지 않고 뒷걸음질했다.

"너, 거기 안 서?"

동철이 소리치며 냅다 점박이에게 달려갔다. 홱 돌아선 점박이는 죽을힘을 다해 골목 안으로 달아났고, 달리기 선수 동철에게 곧 붙들렸다.

동철은 점박이의 뒷덜미를 잡고 등을 밀며 대폿집으로 데려갔다. 마주앉은 점박이를 말없이 노려보았다. 점박이가 주머니에서 지폐 한 장을 꺼내 탁자에 내려놓았다.

동철이 물었다.

"그게 뭔데?"

"장 선생이라는 사람이 수고비로 준 거야. 너 가져."

"수고비라니?"

점박이가 말을 돌렸다.

"추석 전날 일을 저지른 사람을 찾고 있어. 원주역 소매치기가 다섯이라는 걸 알아냈더라고. 넷하고는 오늘까지 다 만나 얘기를 나누었어."

"그래서?"

"모두 자기가 안 그랬다고 잡아뗐대."

"거짓말했을 수도 있잖아."

"그 사람은 그렇게 생각 안 해. 아직 못 만난 소매치기가 범인이라고 생각해."

동철이 주위를 둘러보고 목소리를 낮추었다.

"그 사람한테 내 이름을 알려주었니?"

점박이가 탁자 위의 지폐를 손끝으로 밀었다.

"네 이름을 이미 알고 있던데?"

잠깐 숨을 돌리고 덧붙였다.

"그날 네가 철길 울타리 넘는 걸 본 사람이 있어. 형제철공소 임 사장이야. 아까 임 사장이 원주역에 왔어. 장 선생한테 네 얘기를 하더라고."

잡아먹을 듯이 점박이를 노려보던 동철이 벌떡 일어났다. 탁자를 빙 돌아가 점박이의 멱살을 잡고 억지로 입을 벌렸다.

"어, 어, 이러지 마."

동철은 점박이의 입에 지폐를 쑤셔 넣었다.

어둠이 내린 거리로 나가 뛰듯이 걸으며 속으로 중얼거렸다.

'큰일 났네. 곧 우리 집도 알아낼 거야. 집으로 와서, 어서 돈 내놓으라고 그럴 거야. 돈을 받아내고는 경찰에 신고하겠지.'

저만치에서 트럭이 달려왔다. 동철은 허둥지둥 길을 건너며 또 중얼거렸다.

'아까 보니까, 보통 사람이 아닌 것 같아.'

끼익 하고 급히 트럭을 세운 사내가 차창을 열고 소리쳤다.

"야, 이놈아, 차를 잘 보고 길을 건너야 할 거 아니야!"

후다닥 달리다가 걸음을 늦추며 또다시 속으로 중얼거렸다.

'어제 오늘 계속 원주역에 나왔나 봐. 여기서 그만둘 것 같지 않아. 정말 큰일 났어. 우리 식구들은 나만 쳐다보고 살잖아. 앞으로 어떻게 하지?'

고개를 숙이고 걷다가 어떤 여자와 탁 부딪혔다. 여자가 악 하고 비명을 지르며 한쪽 가슴을 쓰다듬었다. 여자는 손바닥으로 동철의 어깨를 연거푸 때렸다.

"아휴, 아파라. 이 나쁜 놈아!"

그러거나 말거나 동철은 다시 발을 떼며 중얼거렸다.

'아, 이 일을 어째. 내가 너무 큰 돈을 훔쳤지 뭐야.'

집에 와서 아내와 아들과 함께 밥을 먹는 중에도 정신이 하나도 없었다. 밥상을 물린 지 얼마 지나지 않아 아내에게 물었다.

"저녁은 언제 먹어?"

아내가 미간을 좁히고 고개를 갸웃했다.

"저녁? 좀 전에 먹었잖아요."

동철이 입가에 묻은 밥풀을 떼며 눈을 끔벅였다.

"아, 맞아. 먹었지."

동철은 라디오 연속극을 듣다가 잠자리에 든 뒤에도 걱정이 끊이지 않았다. 아내가 물었다.

"여보, 무슨 일 있어요?"

"좀 고단해서 그래."

동철은 옆으로 돌아눕고 바로 눕고 납작 엎드리며 끝없이 뒤척거렸다. 새벽에 깜박 잠들었다가 냅다 달리는 발소리와 호루라기 소리에 눈을 번쩍 떴다. 어둠 속에서 골목 저쪽으로 멀어져 가는 발소리를 좇았다. 뒤이어 요란하게 울리며 다가오는 다른 발소리에 살며시 일어나 앉았다.

예전에 어디에선가 훔친 근사한 칼이 떠올랐다.

'그 칼이 어디 있더라?'

칼집에는 입에 여의주를 문 용을 새기고 옻칠을 해 놓았다.

'부엌? 연탄광? 아니구나, 어딘지 알겠어.'

어둠 속에서 동철은 엉금엉금 기며 아내와 아들을 타넘었다. 옷장을 열고 맨 아래 서랍을 열었다. 안으로 깊이 손을 찔러 넣어 칼을 꺼냈다.

잠결에 아내가 물었다.

"뭐 해요?"

소스라치게 놀란 동철이 마른침을 삼키며 대꾸했다.

"목이 말라서."

"목이 마르면 부엌에 가야지, 옷장에 무슨 물이 있다고 그래?"

"아, 그렇구나. 더 자."

부엌으로 나간 동철은 백열등을 켜고 칼집에서 칼을 꺼냈다. 한 뼘이 좀 넘는 칼이었다. 날카로운 칼끝을 벽에 대고 내리긋자 길고 깊게 홈이 생겼다.

동철은 칼을 쥔 손을 부르르 떨며 이를 악물었다.

'우리 식구들이 살자면 어쩔 수 없지. 빠르면 빠를수록 좋아.'

5장

강진만

22

우산동 버스 터미널 쪽으로 형사들이 떠나간 뒤에 지금껏 원주역을 지키는 국가 기관원은 둘이었다. 하나는 오순진이라는 순경이었다.

순진은 순경이 된 지 한 해가 좀 지났다. 올해 나이 스물여섯 살이었다. 마르고 훤칠했으며 앳된 얼굴에 머리를 짧게 깎았다. 얼핏 보면 꼭 고등학생 같았다. 사복을 입고 길에서 담배를 피우다가 몇 번이나 어른들한테 꾸지람을 들었다.

"예끼, 이 녀석아. 대가리에 피도 안 마른 녀석이!"

"왜 그래요? 내 나이가 몇인데?"

"신분증 내 봐."

"자, 봐요."

"어, 꽤 잡수셨네. 미안."

아직 신참 티를 못 벗은 오 순경은 무척 고지식했다. 스스로 알아서 하는 법이 없었으며, 덮어놓고 상관이 시키는 대로 했다.

"동상처럼 이 자리를 지키고 서 있어. 누가 유인물을 나누어주거나 반정부 구호를 외치면, 바로 달려가 제압하고 무전으로 보고해."

그날부터 오 순경은 비가 오건 불볕이 쏟아지건 원주역 앞에서 똑같은 자리에 서 있었다. 화장실 용무가 급할 때는 총알같이 달려가 일을 보았다. 제자리에 돌아와서야 바지 지퍼를 마저 올렸다.

원주역을 자주 드나드는 사람들은 날마다 역전 복판에 우뚝 서 있는 오 순경을 보았다. 땡볕이 쏟아지던 날, 오 순경은 벌게진 얼굴로 땀을 비 오듯이 쏟으며 비틀거렸다. 어머니뻘 되는 여인이 아이스크림을 두 개나 사다 주었다.

"어서 먹어요, 쓰러지기 전에."

앞서 장대비가 내리던 날에는 온몸이 흠뻑 젖어 오들오들 떨었다. 치악산분식 주인이 우동 국물을 한 사발 들고 왔다.

"따끈할 때 훌훌 마셔, 감기 들기 전에."

원주역을 지키는 또 다른 국가 기관원은 안기부 요원 강진만이었다. 파리에서 유학한 건축가로 위장해 김문일 부장과 같이 일하는 바로 그 사람이었다.

강진만은 서울 본부에서 원주로 내려온 지 꼭 한 해가 지났다. 안기부가 중앙정보부로 불리던 때부터 열다섯 해 동안 같은 일을 해 왔다. 강진만의 하루는 반국가 활동을 하는 민간인을 감시하고 납치하고 고문하는 일로 날이 밝고 해가 졌다. 며칠 눈 한 번 안 붙이고 지낼 때도 많았다.

그 전에는 이 나라 육군 특전사의 효시인 제1공수특전단에서 직업 군인으로 지냈다. 이상하게도 군대 생활이 잘 안 풀렸다. 2군 부사령관 박정희 소장이 군사 쿠데타를 일으킬 때, 특전단은 이 쿠데타에 가담했다.

직전에 맹장 수술을 받은 강진만은 병원에서 그 소식을 들었다. 침대 난간을 손바닥으로 탁탁 치며 울부짖었다.

"돌멩이 하나를 잘못 삼키는 바람에 평생 자랑거리를 놓쳤네!"

특전단은 백마부대에 배속되어 베트남 전쟁에 뛰어들었다. 이때 강진만은 남다른 각오를 다지며 가슴속에 불을 지폈다. 그가 세운 목표는 아주 뚜렷했다.

'반드시 베트콩 백 명을 죽여, 어금니 백 개를 꿰어 만든 목걸이를 목에 걸고 귀국하겠어.'

베트남에 발을 디딘 지 보름이 지났을 때였다. 강진만은 원인을 알 수 없는 열병에 걸려 죽었다 살아나기를 되풀이했다. 얼마 뒤에 다른 전우들을 남겨 두고 혼자서 바다가 꺼지게 한숨을 쉬며 부산항으로 돌아갔다. 특전사로 복무한 지 두 해가 되었을 때였다.

열병이 다 나아 체온이 정상으로 돌아온 진만은 목표를 고쳤다. 평양에 침투해 김일성 심장에 바람구멍 낼 날을 손꼽아 기다리며 다섯 해를 더 보냈다. 그 사이에 기관단총으로 김일성의 온몸을 벌집으로 만드는 꿈을 오백 번 넘게 꾸었다.

어느 봄날 진만은 충남 서산 비행장에서 훈련하다가 뜻밖의 일을 겪었다. 비행기에서 뛰어내려 낙하산을 펼친 것까지는 좋았다. 풍속이 엄청난 상승기류를 만나는 바람에 하늘 높이 도로 올라갔다. 뭉게구름 위를 날다가 서해에 뜬 조기잡이 배 갑판에 내렸다.

어부들이 배꼽을 잡고 웃었다.

"이 넓은 바다에서 정확하게 배를 찾아 내리다니, 역시 특전사 솜씨는 남다르구나!"

"특전사 중사 나리, 이렇게 만난 것도 인연인데 기념으로 소주

한잔 해야지?”

진만은 자존심이 들어 있는 심장에 치명상을 입었다. 한참 왼쪽 가슴에 손을 대고 서 있었다. 심장에 무지막지한 통증이 일어 신음소리를 냈다.

“으으윽.”

진만이 탄 배는 계속 바다 한복판으로 나아갔다.

“자꾸 뭍에서 멀어지면 어쩝니까? 지금 부대에서 난리가 났을 겁니다. 어서 부대로 돌아가야 합니다.”

선장은 진만이 하는 말을 듣는 척도 안 했다.

갑판장이 다가가 진만의 옆구리를 쿡 찔렀다.

“자네는 어떻게 자네 생각만 하나? 배 한 번 띄우는 데 얼마가 드는지 알아? 기름 값이며 일곱 어부들 품삯을 자네가 낼 테야?”

고깃배는 바다 어딘가에 이르러 그물을 내렸다. 진만은 어부들이 헉헉 숨을 몰아쉬며 일하는 모습을 멍하니 쳐다보다가 갑판장한테 또 핀잔을 들었다.

“계속 그러고 있어라. 이따가 밥 주나 봐라.”

진만은 그때부터 스물여섯 시간 동안 한숨도 못 잤다. 그물을 내렸다가 올리고, 그물에서 조기를 떼어내 상자에 담아 나르며 정신없이 일했다. 몇 번이나 무릎이 꺾이며 갑판에 주저앉았고 그물에 쓸려 바다에 빠질 뻔했다.

고깃배는 꼬박 닷새가 지난 뒤에 흐물흐물 파김치가 된 진만을 뭍에 내려주었다. 선장이 선착장에 올라 진만과 악수했다.

“자네 정도면 일을 잘하는 거야. 언제든지 군복 벗고 오면 받아줄게.”

탈영 아닌 탈영을 했다가 부대로 돌아간 진만은 영창에 들어갔다. 이곳에서 보름을 지내며 날마다 몽둥이로 발바닥을 일천 대씩 맞았다. 겨우 걸어 영창 밖으로 나오자마자 수치심을 못 이겨 스스로 군복을 벗었다.

강진만은 강산이 한 번하고도 절반이나 바뀐 지금까지도 군 생활에 미련이 남아 있었다. 낙하산을 등에 지고 비행기에서 막 뛰어내리려는 사람처럼 어깨를 앞으로 웅크리고 지냈다. 길에 가만히 서 있다가 갑자기 특공무술 동작을 해 보여 행인들이 비명을 지르곤 했다.

어느 날 진만은 특전사 장교와 마주쳤다. 자기도 모르게 두 발을 딱 소리 나게 붙이고 경례하며 외쳤다.

"단, 결!"

특전사 장교가 고개를 갸웃했다.

"저보다 나이가 많아 보이는데, 특전사 나오셨나요?"

진만이 둘러댔다.

"우리 조카가 거기서 복무해요."

강진만은 특전사 출신 특채를 통해 중앙정보부에 들어갔다. 늘 두 손을 바지 주머니에 깊이 찌르고 걸었으며, 흰자위를 많이 드러낸 채 곁눈으로 끝없이 주위를 살폈다. 운동을 아주 잘해서 태권도 삼 단에 검도 이 단이었다. 시합에서 누구와 일대일로 붙어진 적이 없다고 했다. 동료 하나가 물어보았다.

"누구와 붙었는데?"

"그 사람 명예를 생각해서 절대로 말할 수 없네."

온종일 진만은 표정이 거의 변하지 않았다. 아니, 표정이 아예 없다고 말해야 옳았다. 늘 돌처럼 딱딱하게 굳은 얼굴이었다. 부하들에게 아무리 화가 나도 낯을 붉히지 않았고, 그저 얼음 같은 눈으로 상대를 빤히 쳐다보았다.

정 못 참겠다 싶으면 윗니로 아랫입술을 질끈 깨물었다. 잠바를 벗고 소매를 천천히 걷은 뒤에 깍지 낀 손으로 뚝뚝 소리를 냈다. 부하에게 바짝 다가가 한쪽 볼을 잡으며 낮은 소리로 말했다.

"어금니 꽉 다물어."

병 주고 약 준다더니, 부하를 때린 날에는 꼭 술집에 데려갔다. 부하에게 술을 따라 주며 물었다.

"많이 아팠니?"

뺨이 퉁퉁 부은 부하가 눈을 피하며 대꾸했다.

"괜찮습니다."

진만이 손을 내밀어 이번에는 좀 가볍게 뺨을 찰싹 때렸다.

"사람은 누구나 맞으면서 크는 거야. 내일 아침에 일어나 봐. 쑥 커 있을 테니까."

23

안기부에서는 전라도 광주 다음으로 반란이 일어날 가능성이 높은 지역으로 강원도 원주를 꼽았다. 원주가 지핀 불에 광주가 기름을 부었다는 말까지 나왔다. 그만큼 원주는 열 해 넘게 군인이 쥔 정권을 가장 많이 괴롭힌 도시였다.

강진만은 지난해 가을 원주에 오자마자 이곳에서 활동하는 인물들을 살폈다. 경찰서 보안과와 안기부 지부, 국가기무사에서 수집해 놓은 정보를 타이핑해 복사한 문서가 무려 일천 장이 넘었다.

앞서 그가 근무했던 도시들은 위험한 인물들을 다룬 문서가 아무리 많아 보았자 오십 장에서 백 장 사이였다. 문서 양을 기준으로 삼을 때, 원주는 그런 도시들보다 열 곱절 넘게 위험했다.

강진만은 그때 보름 넘게 백년건축 사무실 복판에 놓인 소파를 떠나지 않고 문서를 읽었다. 삼시세끼를 짜장면과 짬뽕만 먹었더니, 낯빛이 짜장처럼 검어졌고 입 둘레는 짬뽕 국물에 붉게 물들었다.

진만이 입 꼬리를 살짝 올리며 속으로 중얼거렸다.

'이거 완전 위험지역이네. 앞으로 흥미진진한 일이 많이 벌어지겠어.'

진만의 머릿속에 한 인물이 남았다. 이 자는 희한하게 어떤 사건에도 직접 끼어든 흔적이 없었다. 진만은 따로 분류한 문서를 앞에 내려놓고, 연필로 밑줄 그은 대목을 소리 내어 읽었다.

"그는 중립화 평화통일을 주장한 일로 감옥살이를 한 뒤로 늘 안개와 어둠 속에서 움직였다. 숨소리를 내지 않고 은밀하게 작전을 세우며 지하 조직을 운영했다."

"명륜동 학교는 그가 한국전쟁 직후에 교육으로 나라를 다시 일으켜 세우겠다며 만든 학교였다. 한국과 일본 정부 사이에서 돈을 주고받고 과거사를 덮는 협정을 논의할 때, 이 학교 학생들은 전국 중고교생 가운데 처음으로 반대 시위를 벌였다."

"그때 그는 학교 이사장을 맡고 있었다. 여러 정황에 미루어 그가 선동한 시위가 틀림없으나, 아무리 털어도 티끌만한 증거 하나 나오지 않았다."

다음 문장부터는 진만 스스로 빨간 밑줄을 그으며 읽었다.

"그와 지학순 주교는 사석에서 서로를 형님 아우님 하고 부를 만큼 가까웠다. 두 사람은 민주화 운동으로 위장한 거의 모든 불법 시위를 이끌었다."

진만은 볼펜을 내려놓고 허공에 연거푸 잽을 날렸다. 다시 한 단어씩 또박또박 읽는 진만의 얼굴에서 눈 밑에 두툼하게 잡힌 살이 파르르 떨렸다.

"그러나 그는 번번이 미꾸라지같이 빠져나갔고, 지 주교와 하수인들만 옥고를 치렀다."

강진만은 어느 시기를 지나며 봉산동 장 선생이라는 요주의 인물에 대한 기록이 크게 줄어든 점을 눈여겨보았다. 박정희 정권 말기부터 전두환이 나라를 다스리기 시작해 세 해가 지난 지금까지였다. 장 선생은 더욱 깊이 지하로 숨어들었고, 공식 석상에서 정치 문제를 입에 올리지 않았다. 생명운동 운운하며, 농약에 찌든 땅을 되살리고 환경을 보호하는 데 힘쓰는 모양새를 취했다.

보고서 파일을 하나 더 앞에 내려놓은 진만은 고개를 갸웃했다.

"아니, 내가 왜 이 보고서를 빠뜨렸지?"

광주반란사건이 벌어진 지 얼마 안 되었을 때 김문일 부장이 만든 보고서였다. 그때 원주경찰서 보안과에서는 김호라는 이를 잡아다가 사흘 동안 잠을 안 재우고 고문했다. 장 선생과 함께 민주화 운동과 신협 운동을 하며 젊은 시절을 보낸 김호는 더는 못 버티고 입을 열었다. 그 자리에 함께 있던 김문일 부장은 김호의 진술을 이렇게 기록했다.

우리는 광주에서 지난 오월에 벌어진 일을 낱낱이 알게 되었어요. 동지 하나가 광주에 가 있었거든요.

유월 첫날 우리는 봉산동 집으로 장 선생을 찾아갔어요. 장 선생은 나라가 더없이 어지러운 때 한가하게 붓글씨를 쓰고 있더군요. 우리가 서재로 들어가 한쪽에 앉아 있는 동안에도 멈추지 않고 붓을 놀렸어요. 이렇게 우리를 외면한 적이 없어 무척 당혹스럽더라고요.

한 시간쯤 지나 그는 붓을 내려놓고 우리를 바라보았어요. 얼굴에 전에 없이 두려움이 가득 들어차 있었어요. 두 눈이 쑥 들어갔고 눈 밑에 몇 겹 주름이 잡혔어요. 그가 바짝 마른 입술을 우물거렸어요. 가늘게 떨리는 목소리로 우리에게 물었어요.

"그래서 어쩌자는 건가?"

그는 우리가 당신을 찾아온 까닭을 아는 듯했어요. 그래도 혹시 그가 잘못 넘겨짚지 않았을까 싶어, 내가 나섰어요.

"여기서 물러나면 여태껏 우리가 흘린 땀과 피는 여느 도랑에 흐르는 물과 전혀 다를 바 없어집니다. 분연히 일어나 이 정권에 맞서 싸워야 합니다. 원주가 어떤 곳입니까? 민주화 운동의 성지 아닙니까? 선생님께서 앞장서 주십시오. 그러면 모두가 선생님 말씀을 따를 겁니다."

내 곁에 있던 동지가 덧붙였어요.

"어디서 어떤 식으로 시위를 벌일 건지 계획을 세워 놓았습니다. 이미 현수막 서른 개를 만들었고, 확성기를 싣고 다닐 트럭도 열 대 마련해 놓았습니다. 시내 열다섯 곳에서 적어도 삼만 명이 모여 시위를 벌일 겁니다."

그는 윗니로 아랫입술을 깨물었어요. 곧 입술이 터져 핏빛이 비치더군요. 주먹을 쥐었다 펴며 숨을 고르더니, 물기어린 눈으로 우리에게 물었어요.

"자네들은 저 자가 어떤 인간인지 모르겠나? 광주를 불구덩이 지옥으로 만든 자란 말일세. 저 자가 원주라고 봐줄 것 같나? 우리 앞에 무릎을 꿇고 잘못했다고 빌 것 같은가?"

갈수록 목소리가 더욱 떨렸어요.

"안 되네. 절대로 여기서는 그런 일을 벌일 수 없네."

나는 눈으로 보고도 믿을 수 없었어요. 호랑이인 줄 알았던 자가 생쥐로 돌변한 모습을 보였으니까요.

"선생님, 죽음이 그렇게 두렵습니까? 우리가 죽어 이 나라를 살릴 수 있다면, 그보다 보람된 일이 어디 있겠습니까. 다시 한 번 간곡히 부탁드립니다. 선생님만이 원주 사람들을 움직일 수 있습니다."

그가 한참 머뭇대다가 슬픈 목소리로 대꾸했어요.

"그래, 솔직히 나는 죽음이 두렵네. 내가 죽고, 내 고향 원주에서 평생 살아온 노인들이 죽고, 아녀자들이 죽고, 학생들이 죽고, 중앙시장과 원주역과 풍물시장과 기독병원과 시청 앞 거리에 원주 사람들의 피가 흥건하게 흐를 일이 몸서리치게 두렵네. 절대로 원주가 피바다가 되는 일을 허락할 수 없네."

만일 그때 그가 앞장섰다면, 원주의 가톨릭과 불교와 기독교 신자들을 움직일 수 있었을 거예요. 시장 상인들과 직장인들과 구두닦이들까지 모두 시위에 끌어들였을 거예요. 살고자 하면 죽고, 죽고자 하면 산다, 이 말은 그가 이전 날 우리에게 귀에 못이 박이게 들려주었던 말이에요.

그런데 그는 갑자기 천하의 겁쟁이가 되어 자기가 했던 말을 손바닥처럼 뒤집었어요. 가만히 숨죽이고 지내며 비굴하게 목숨을 잇는 길을 내보이더란 말입니다. 자기가 나서지 않으면 아무도 뒤따르지 않으리라는 걸 잘 알면서, 어떻게 그럴 수가 있을까 싶더군요.

그날 봉산동 집을 떠나며 우리는 그를 버렸어요. 다시는 그를 가까이하지 않기로 마음먹었어요. 다시는 변절자를 찾지 말자고, 우리는 서로 굳게 맹세했습니다.

강진만은 보고서에서 눈을 떼고 쓴웃음을 지었다.

'내가 저런 인간들을 잘 알지. 저 자는 일부러 연기를 하며 겁쟁이처럼 굴었던 거야. 절대로 아무런 계기 없이 변할 사람이 아니란 말이지.'

진만은 보고서 뒷부분을 마저 읽으며, 그가 얼마나 사악하고 무시무시한 위선자인지 깨닫고 치를 떨었다. 진만이 종이가 찢어지도록 힘주어 빨간 볼펜으로 밑줄을 그은 내용은 이러했다.

그는 변절자로 비친 뒤로 많은 사람들 앞에서 숱하게 웃음거리가 되었어요. 한낮에 중앙시장을 지나다가 만난 옛 동지는 큰 소리로 그를 나무랐어요.

"어이, 원주라는 명예로운 이름에 먹칠을 하고 감히 백주에 나다니다니! 자네는 도대체 양심이 있는 건가, 없는 건가?"

그는 잠자코 서 있더니, 앞으로 두 손을 모으고 고개를 숙이며 걸음을 옮겼어요.

어느 날 그가 식당에서 밥을 먹는데, 옆 자리에 있던 사내들이 손가락질하며 비웃었어요. 한때 그를 스승으로 받들며 따랐던 젊은이들이었어요.

"밥이 목으로 넘어가는 걸 보면 속이 무척 좋은 모양이에요. 그처럼 추하게 늙어 가는 거, 정말 보기에 안 좋아요."

장 선생은 꿈쩍도 하지 않고 느릿느릿 밥을 다 먹었어요. 젊은

이들에게 고개를 꾸벅 숙이고 말했어요.

"미안합니다."

그러고는 거듭 고개를 주억거리며 꽁무니를 뺐답니다.

24

오늘 사무실에서 강진만은 스스로 만든 조직도 하나를 책상에 놓고 뚫어지게 바라보았다. 조직도 맨 꼭대기에는 '봉산동 장 선생'이라고 적혀 있었다. 오른쪽으로 점선이 찍혔고, 점선 끝에 '지학순'이라고 적혔다. 이 자를 통해 조직으로 검은 돈이 들어오는 걸로 보였다.

진만은 수염이 까칠하게 자란 턱을 쓰다듬으며 중얼거렸다.

"서로를 형님 아우님 하고 부른다는데, 그것부터가 무척 수상하다 이거야."

사제와 평신도 관계가 아니라 서로 신분이 같은 동지 관계라는 뜻이었다. 이런 관계는 공산당이나 빨갱이들한테서나 볼 수 있었다. 어쩌면 두 사람은 단 둘이 있을 때 서로를 동무라고 부르는지도 몰랐다.

진만의 머릿속에서 두 사람이 대화를 나누었다.

'장 동무, 이번 거사는 어디서 시작하는 게 좋겠소?'

'지 동무가 결정하시오. 나는 지 동무가 시키는 대로 하리다.'

'장 동무 뜻이 정 그렇다면, 그렇게 하리다.'

'고맙소, 지 동무. 사제 행세를 하느라 참 고생이 많소.'

두 사람의 이름 아래로 조직책들의 이름이 적혀 있었다. 하나는 시인이었고, 또 하나는 가수였다. 진만이 보기에 참으로 괴상한 조직이 아닐 수 없었다.

'시인은 시를 쓰고, 가수는 노래를 불러야 하지 않나? 이런 자들이 자기 직업과 아무런 관련이 없는 일에 몸담고 있단 말이지. 저들 나름대로 어떤 특별한 사명을 띠고 있다는 얘기 아니겠어?'

열흘 전에 강진만은 형제집이라는 시내 골목 식당에 있었다. 장 선생은 그곳에서 여러 사람들과 몰래 모임을 가졌다. 그날 진만은 줄곧 불 꺼진 옆방에서 그들의 대화를 엿들었다.

대화 내용은 거의 귀에 들어오지 않았다. 예전에 녹음해 놓은 목소리를 들었기에 참석자가 누구누구인지 짐작할 수 있었다. 지난봄부터 지금껏 한 달에 두세 번씩 이들은 그 식당에서 만났다. 또다시 지하 조직을 만들어 음모를 꾸미고 있음이 틀림없었다.

진만이 눈여겨보는 또 다른 조직은 장 선생 일당이 깊이 몸담은 신용협동조합이었다. 원주처럼 은행 못지않게 신용협동조합을 이용하는 주민이 많은 도시는 보기 힘들었다. 누구나 가입하고 출자해 주인이 될 수 있었다. 직장인과 소상공인부터 구두닦이와 날품팔이와 리어카꾼에 이르기까지 은행 문턱을 넘기 힘든 이들이 조합에 몰려들었다.

진만은 예전에 읽은 보고서 하나를 떠올렸다. 장 선생이 신협에서 강의한 내용이었다. 장 선생 스스로가 반정부주의자일 뿐 아니라 공산주의자라는 사실을 뚜렷이 드러냈다.

우리나라에는 예로부터 두레와 계, 품앗이처럼 서로 협동해 일하고 나누는 아름다운 조직 문화가 있었어요. 근데 새마을운동이라는 게 나오면서 이 모든 것들이 사라져 가고 있어요. 이게 협동심이 아니라 경쟁심을 부추기는 운동이거든요. 너도나도 서로 잘살자는 소리만 외치는 판이 되었으니, 공동체 의식은 더욱 빠르게 무너지게 돼 있고요, 물질을 마구 소비하고 자연과 환경을 무자비하게 파괴하게 되리라는 건 어둠에 불 보듯 뻔한 일이다, 이 말이에요.

진만은 서울역 앞에서 반정부 시위를 주도했던 자가 원주로 도망쳐 사십팔계단에 숨어 있다는 첩보를 듣고 그곳에 가 보았다. 사십팔계단은 원주역 건너편 비탈에 있는 집창촌이었다. 비탈에 놓인 계단 숫자를 따서 그런 이름을 붙였다고 들었다.

붉은 등불을 밝힌 통유리 안쪽에 여자들이 있었다. 노란 원피스를 입은 여자가 밖으로 나왔다.

"오빠, 뭐 해? 어서 들어와."

강진만은 노란 원피스에게 사진을 한 장 건넸다. 노란 원피스가 사진을 들여다보며 물었다.

"이 사람이 무슨 죄를 저질렀나 보네?"

"그건 아니고, 어떤 좋은 일이 있어 집에 돌려보내려 해."

노란 원피스가 진만의 팔을 잡아끌었다.

"알아볼 테니까 일단 들어와요."

진만은 통유리 안쪽에서 커튼 뒤에 몸을 숨기고 앉아 기다렸다. 여자들이 눈치를 보며 말을 멈추었다가 하던 얘기를 다시 주고받았다.

"나도 지난주에 신협에 가입했어. 은행에 가면 그런 대접 못 받잖아. 모두 얼마나 따뜻하게 대해 주던지 가슴이 다 뭉클해지더라고."

"잘했어. 좀 있으면 싼 이자에 돈을 빌릴 수 있을 거야. 우리 모두가 신협 주인이니까 자기 돈을 꺼내 쓰는 셈이지. 저축한 돈에 빌린 돈을 보태 동생 학비를 내면 되겠네."

진만은 신협이 창녀들까지 포섭하고 있다는 사실에 무척 놀랐다. 속이 부글부글 끓었고 머리가 지끈거렸다.

노란 원피스가 돌아와 사진을 내주었다.

"몇 집 들러 보았는데 아무도 누군지 모르겠대요. 또 알아볼 테니까 방에 들어가 있어요."

진만이 대뜸 말했다.

"너희들, 신협같이 수상한 조직에 들어가면 못 써. 그런 조직은 반드시 너희들을 이용하려 들 거야. 모두 조심해."

노란 원피스가 호호 웃었다.

"조직이 뭐야? 수상하다는 건 또 뭐고? 사람이 좀 삐딱하구나."

발끈한 진만은 벌떡 일어나 여자의 머리채를 잡고 앞뒤로 흔들었다.

"이게 정신이 나갔나? 어디서 감히 그런 말을!"

진만은 비명 지르는 여자를 바닥에 찍어 눌렀다. 억지로 무릎을 꿇게 해 놓고 침을 뱉었다.

강진만이 지금껏 모은 정보에 따르면, 장 선생 일당이 다시 만나 잇달아 갖는 모임은 겉과 속이 전혀 달랐다. 겉으로는 서울의 소비자와 원주의 농산물 생산자가 직접 거래하는 장을 만드는 데 목표를 두고 있었다. 그러나 한 꺼풀 벗기면 이들은 국가를 뒤집어엎는 조직을 키우고 있었다.

'원주에서 반란이 일어나면, 즉시 서울 조직원들에게 소식이 전해지겠지. 곧이어 전국으로 소식이 퍼질 거고, 동조하는 세력들이 곳곳에서 들고일어날 거야. 서둘러 이런 참극을 막아야 해. 지금 그자는 역전에서 소매치기를 찾는다는 구실로 또 많은 사

람들을 선동하고 있어. 그들도 조직에 끌어들이려는 게 분명해.'

진만은 절레절레 고개를 흔들었다. 손으로 탁자를 탁 치며 소리 내어 말했다.

"교활한 능구렁이가 따로 없네. 하지만 너는 절대로 내 손에서 빠져나갈 수 없어!"

25

백년건축 김문일 부장이 물었다.

"사장님, 점심은 어떻게 하시겠습니까? 중국집에 시킬까요?"

강진만 사장이 고개를 들었다.

"김치찌개. 얼큰한 걸로."

얼마 뒤에 김치찌개와 된장찌개가 왔다. 진만은 김치찌개를 국물까지 알뜰하게 먹었다. 딴생각하다가 문일의 된장찌개를 한 숟갈 떠먹고 중얼거렸다.

"김치찌개에서 된장 맛이 나네."

커피를 한 잔 마신 뒤에 일어나 사무실을 나섰다. 뒷짐을 지고 원주역 쪽으로 천천히 걸어갔다. 오늘따라 왠지 기분이 축 가라앉았다. 스산한 가을 날씨 탓인지도 몰랐다.

우울하다거나 외롭다는 건 그가 무엇보다 싫어하는 감정이었다. 국가와 민족을 위해 온몸을 바치기로 마음먹은 사람으로서, 한순간도 감상에 빠져들면 안 된다고 믿었다. 행여나 동정심이나 연민 같은 감정이 파고들면 판단력이 흐려져 일을 그르칠 수 있었다.

그러나 그럼에도 그는 때때로 어쩔 수 없이 고독감을 느꼈다. 그럴 때면 표정이 없고 차가운 얼굴에 쓸쓸한 빛이 언뜻언뜻 스쳤다. 그에게는 속마음을 털어놓을 친구가 단 한 사람도 없었다. 자연히 친구를 만나 술잔을 부딪친다거나 웃으며 대화를 나누는 건 그에게 딴 세상일이었다. 지금껏 그는 여자와 사랑을 나눈 적이 없었고, 가족이 없었으며 가까이 지내는 친척도 없었다.

백년건축에서 멀지 않은 아파트에 사는 그의 하루 일과는 아주 단순했다. 아침에 눈을 뜨면 커피를 한 잔 타 마셨다. 집을 나서 뒷동산에 올라 노천 운동시설에서 한 시간을 보냈다. 역기를 들고 턱걸이와 팔굽혀펴기를 했고, 줄넘기와 평행봉 운동도 거르지 않았다.

다시 집에 돌아가 세수하고 옷을 갈아입고 십여 분 걸어 사무실에 출근했다. 김문일 과장과 마주앉아 전날 있었던 일을 주고받고, 그날 저마다 할 일을 의논했다. 보고서와 서류들을 살펴보았으며, 밖에 나가 수상한 자들의 뒤를 밟았다. 경찰서 보안과에 들러 이런저런 문서를 검토하고 복사했고, 잠깐 사무실에 들렀다가 퇴근했다.

식당에서 저녁밥을 사 먹고 아파트로 돌아가면 소파에 앉아 밤 열 시까지 티브이를 보았다. 뉴스가 끝나면 샤워를 했고, 다시 소파에 앉아 티브이를 좀더 보다가 방에 들어갔다. 불을 끄고 침대에 올라가 눈을 끔벅이며 멍하니 누워 있다가는 스르르 잠들었다. 다시 눈을 뜨면 아침이 와 있었고, 그때부터 여느 날과 다름없는 하루 일을 시작했다.

그의 나이 올해 마흔 셋이었다. 젊었을 때부터 술을 안 마셨고 담배를 피우지 않았다. 별다른 취미 생활이 없으니 딱히 돈을 쓸 일이 없었다. 월급 통장에는 적지 않은 돈이 들어 있었다. 그 돈을 꺼내 시골에 땅을 사 놓을까 하는 생각을 한 적이 있었다.

다시 곰곰이 생각해 보니, 나중에 은퇴한 뒤에 농사를 지을 것도 아니고 땅을 물려줄 자식이 있는 것도 아니었다. 나이가 더 들면 유서를 한 장 써 놓기로 마음먹고, 돈을 갖고서 무언가를 해 보려던 생각을 깨끗이 접었다.

대충 머릿속으로 떠올린 유서 내용은 그의 일상생활만큼이나 단순했다.

'내가 사는 아파트와 통장에 든 모든 돈을 평택 행복보육원에 바친다.'

그곳에서 그는 이혼한 부모한테 버림받고 어린 시절을 보냈다. 스무 살이 되어 보육원을 떠나 군대에 들어갈 때까지, 부모는 한 번도 그를 보러 오지 않았다. 그 또한 부모를 찾으려 애쓰지 않았다. 늘 주문을 걸 듯이 스스로에게 말했다.

'나는 인간의 자식이 아니다. 어느 날 갑자기 하늘에서 뚝 떨어졌다.'

진만은 원주 시내 한복판을 지나 원주역으로 다가가며, 주먹을 들어 옆머리를 여러 번 세게 탁탁 때렸다. 지나가던 사람들이 쳐다볼 만큼 그 소리가 컸다.

'인마, 지금 네가 정신이 있는 거야, 없는 거야? 시국이 얼마나 엄중한지 몰라서 이래? 감상에 빠지면 곧 죽음이라는 거 잊었어?'

강진만은 스스로를 호되게 꾸짖었다. 이럴 때 그는 감정을 다스리는 방법을 알고 있었다. 반국가 세력을 상대하는 국가 정보원이자 해결사로 활동하며 쌓은 '빛나는 업적'을 차례로 돌아보는 일이었다. 이런 방법으로 제정신을 찾는 데 실패한 적이 없었다.

혀끝에 침을 모아 길바닥에 탁 뱉고, 서늘한 미소를 머금으며 속으로 중얼거렸다.

'귀여운 녀석들, 지금 모두 어디서 무얼 하고 있을까?'

진만은 지금껏 대학생 불순분자 스무 명을 감옥에 집어넣었다. 그에게는 누워 떡 먹기보다 쉬운 일이었다. 모든 대학생들이 물고문과 전기고문을 오래 견디지 못했다. 어떤 학생은 욕조에 물을 받기 시작하자 얼굴이 새파래져 손을 내저었다.

"잠깐만요, 다 털어놓을게요."

또 어떤 학생은 전기봉을 꺼내자마자 오른손 엄지를 세우며 외쳤다.

"찍을게요!"

진만이 만든 서류에 지장을 찍겠다는 얘기였다. 반국가 단체에 들어가 국가를 무너뜨리는 일을 논의했다는 거짓 진술이 담긴 서류였다.

강진만은 타고난 고문 기술자였다. 처음으로 용의자를 고문할 때부터 죄의식이나 양심의 가책이 전혀 없었고, 용의자의 고통을 조금도 느끼지 못했다. 약한 자를 괴롭히며 맛본다는 쾌락 같은 것도 없었다. 오직 자기 옷에 물이 튀거나 몸에 전기가 오를까 봐 걱정하는 마음뿐이었다.

언제던가 욕조 속에 발가벗겨 놓고 물고문하던 용의자가 발버둥치며 물을 튀겼고, 진만의 셔츠가 손바닥 넓이만 하게 물에 젖었다. 새로 사서 세탁소에 맡겨 다림질한 셔츠였다.

"이 자식이 정말!"

진만은 용의자를 욕조에서 끌어내 바닥에 눕혔다. 닥치는 대로 발로 걷어차고 주먹으로 때렸다. 이 용의자는 갈비뼈 두 대가 부러지고 장이 터져 거의 죽었다가 살아났다.

진만이 용의자를 전기의자에 앉히고 고문할 때도 비슷한 일이 벌어졌다. 용의자가 몸부림치는 바람에 진만의 손이 전기봉에 닿았다.

"윽!"

진만은 펄쩍 뛰었다가 발을 헛딛으며 엉덩방아를 찧었다. 머리를 흔들며 일어나 냅다 허공으로 몸을 날렸다. 이단옆차기로 용의자의 가슴을 공격했고, 용의자는 전기의자와 함께 뒤로 벌렁 넘어져 욕조 모서리에 뒷머리를 부딪쳤다. 구급차로 병원에 실려가 한 달 동안 입원 치료를 받았다.

진만은 입원비 절반을 스스로 부담했으며, 상관한테 싫은 소리를 들었다.

"유리잔 다루듯이 조심했어야지, 자칫 잘못해 깨뜨리면 어쩌려고 그래?"

강진만이 강제로 군대에 보낸 대학생은 일백 명이 넘었다. 사실 이건 벌을 준 게 아니라고 믿었다.

'어차피 가게 돼 있는 군대에 간 거잖아.'

그런데도 군대에서 다시 사고를 친 청년이 한둘이 아니었다. 하나는 휴가를 나와 다방에서 인질극을 벌였다. 언론에서는 그가 딴 남자가 생기면서 마음이 변한 옛 애인을 불러오라며 벌인 소동이라고 보도했다. 그것은 사실이 아니었다.

방송에서 인질극 장면을 잠깐 생중계로 보여주었다. 진만도 그 장면을 티브이에 바짝 붙어 앉아 똑똑히 보았다. 군모를 거꾸로 쓴 병사는 다방 여종업원의 목에 칼을 대고 창밖을 내다보며 외쳤다. 입모양으로 보아 그 병사가 무슨 말을 하는지 알 수 있었다.

"강진만, 그 개 같은 새끼를 당장 불러오란 말이야!"

진만은 개가 되는 수모를 맛볼수록 더욱 강인하고 잔혹하고 냉정해졌다. 노조를 만들어 활동하다가 진만에게 붙들려 감옥에 간

젊은이들은 모두 스물다섯 명이었다. 이들은 대학 졸업자라는 학력을 숨기고 공장에 취업했다. 진만은 이들에게 서류를 위조해 업무를 방해했다는 혐의를 씌웠다.

어떤 때 진만은 좌익 불순분자들을 감옥에 넣어 나랏돈으로 밥을 먹이고 재워 주는 수고를 피하는 쪽을 택했다. 그에게 필요한 건 딱 하나, 바로 잘 드는 칼이나 도끼였다. 진만은 불순분자 셋의 발뒤꿈치 아킬레스건을 끊어 절름발이로 만들었다. 오른손 엄지와 검지를 잘라 어떤 조직의 가입 원서에도 서명하지 못하게 만든 이는 다섯 명이었다.

진만이 쇠파이프로 두들겨 패 병원 신세를 지게 만든 이는 일일이 셀 수가 없었다. 진만 스스로 재미삼아 열다섯까지 세다가 그만두었다. 어린 자녀와 늙은 부모를 해치겠다는 협박을 곁들인 전화 한 통으로 잠잠해지게 만든 불순분자는 적어도 쉰 명은 넘었다.

진만은 지난날을 돌아보며 고개를 끄덕거렸다.

'내가 봐도 참 열심히 살았어.'

종이에 싸서 호주머니에 넣어 둔 이쑤시개를 꺼냈다. 아까 김치찌개를 먹을 때 잇새에 낀 고깃조각을 빼냈다.

잠깐 누그러졌던 강진만의 표정이 다시 사나워지기 시작했다. 머릿속에 한 인간의 얼굴이 어른거렸다. 이 인간은 빙긋빙긋 웃고 있었다. 진만이 이 세상에서 가장 혐오하는 자, 부드럽고 순진한 척하며 온갖 음흉한 일을 꾸미는 자, 체제를 부정하고 정부를 무너뜨려 공산주의 국가를 세우려는 자였다.

주먹을 꽉 쥔 진만은 이를 악물었다.

'더는 늦출 수 없어. 이제 남은 건 어떤 방법을 쓰느냐 하는 것이야.'

먼저 차분하고 신중하게 일정한 절차를 밟는 길이 있었다. 국가 전복 음모를 꾸미는 증거를 한껏 모은 뒤에 재판정에 세우는 것이었다.

강진만은 이 방법을 쓸 마음이 터럭만큼도 없었다.

'너무 시간이 많이 걸린단 말이지. 그 사이에 조직이 움직일 가능성이 아주 높아.'

가장 확실한 방법은 지금껏 자주 써 왔듯이 발뒤꿈치 힘줄이나 손가락을 해치는 길이었다. 나뒹굴며 신음하는 입에 이렇게 쓴 종이를 물려줄 수도 있었다.

'다시 집 밖에 나오면 죽는다.'

저만치 원주역 앞쪽 사거리가 눈에 들어왔을 때, 진만은 입을 꾹 다물며 마음을 굳혔다.

'이런 인간은 빨리 해치울수록 좋아. 어렵게 가지 말고 쉽게 가자.'

기다렸다는 듯이 철물점이 눈앞에 나타났다. 유리창 안쪽에 정육점 고깃덩어리처럼 걸린 연장들이 보였다. 진만이 찾는 연장이 바로 그곳에 있었다.

강진만은 도끼를 사러 철물점으로 들어갔다.

6장

장 선생의 아내

26

장 선생의 아내는 남편을 처음 만나던 때를 떠올리면 웃음부터 나왔다. 그이의 친구 하나가 서울을 떠나 원주여고에서 교편을 잡고 있었다. 둘 다 서울에서 살던 시절에 날마다 팔짱을 끼고 다닐 만큼 가까웠다.

이 친구는 객지 생활이 외로워 견디기 힘들었다. 어떻게든 단짝 친구를 원주로 끌어내리려 했다.

"참 괜찮은 사람이 있어. 한번 만나 봐."

"뭐 하는 사람인데?"

"학교 설립자면서 이사장이야."

그이는 장 선생을 천도교 수운회관 옆 다방에서 만났다. 서울 종로 운현궁 맞은쪽 다방이었다. 그이는 무척 서먹했고, 장 선생은 멋쩍어 했다. 저마다 요즘 하는 일과 가족 관계를 주고받았다. 뒤이어 장 선생이 교육에 대한 생각을 밝혔다.

"지금 우리나라에서 무엇보다 중요한 분야는 경제나 정치가 아니에요. 멀리 내다보고 아이들을 잘 길러야 해요. 교육이 제대로 되어야 나라가 바로설 수 있어요."

장 선생의 이야기는 끝없이 이어졌고, 그이는 말똥한 눈으로 말없이 듣기만 했다.

맑고 눈부신 햇살이 창으로 날아 들어왔다. 장 선생이 잠깐 밖을 내다보고 그이에게 고개를 돌렸다.

"나가서 바람 좀 쐴까요?"

그이도 한곳에 오래 앉아 있자니 답답해 숨이 막히던 참이었다.

"예, 그러지요."

밖으로 나간 두 사람은 나란히 인사동 길을 걸었다. 그이는 종종걸음이었고, 장 선생은 느리면서도 큰 걸음이었다. 장 선생이 대뜸 한마디 던졌다

"저는 댁이 맘에 드니까요, 빨리 답을 주세요."

그이도 너무 어이가 없어 웃음이 나왔다.

'아니, 뭐 이렇게 경망스러운 사람이 다 있담?'

혹시 자기가 잘못 들었나 싶었다. 장 선생을 돌아보니 사뭇 진지한 얼굴이었다. 그이는 다방에서도 그렇고 거리에 나와서도 장 선생을 자세히 보지 못했다. 눈이 무척 크다는 느낌밖에 없었다.

'오늘 처음 만난 사이잖아. 서로 이야기를 많이 나눈 것도 아닌데 대뜸 내가 마음에 든다니, 별 사람이 다 있네.'

다음으로 두 사람이 만난 곳은 덕수궁이었다. 단풍나무 그늘이 드리워진 벤치에 나란히 앉았다. 장 선생이 앞으로 하려는 일을 한참 펼쳐 보였다.

"학교를 더욱 키우는 데 온힘을 쏟겠어요. 그래서 언젠가는 원주를 꼭 교육도시로 만들겠어요."

그이는 첫날과 달리 자주 고개를 돌려 장 선생을 바라보았다.

'참으로 꿈같은 얘기지만 그럴듯하게 들리네. 어쩜 이리 말을 잘할까? 한 군데도 막힘이 없어.'

사범대학을 나온 그이는 교육자가 되려는 꿈을 갖고 있었다. 장 선생이 입만 열면 교육 운운하니까 자연스레 마음이 열렸고, 조금씩 장 선생이 가깝게 다가왔다.

덕수궁에서 나와 나란히 거리를 걸을 때였다. 장 선생이 우뚝 걸음을 멈추었다. 그이도 덩달아 멈추어 섰다. 그이의 왼쪽으로 자리를 옮긴 장 선생이 자기 귀를 손으로 가리켰다.

"제가 왼쪽 귀가 잘 안 들립니다. 그러니까 앞으로 이쪽에서 걷겠어요."

한쪽 청각에 장애가 있다는 얘기였다. 그이는 장 선생이 꾸밈이나 숨김이 없는 사람이구나, 참 솔직한 사람이구나 하고 생각했다.

'자신의 단점을 스스럼없이 알려 주는 사람이라면 믿을 만하지 않을까?'

단점을 장점으로 바꿀 줄 아는 사람이라는 생각이 뒤따랐다.

그 다음에는 창경원에서 만났다. 창경원이 동물원으로 쓰이던 시절이었다. 이때도 그이는 거의 입을 열지 않았다. 장 선생의 재미난 동물 이야기에 빙그레 웃거나 고개를 끄덕였다. 먼젓번처럼 장 선생은 줄곧 혼자 말하면서도 전혀 지치지 않았다.

헤어질 즈음에 장 선생은 다시 어린아이처럼 보챘다.

"저는 좋으니까요, 어서 빨리 답을 주세요."

그때 장 선생의 나이는 그이보다 두 살 많은 서른 살이었다. 그이는 그만한 세월을 산 사내가 여자를 몰라도 정말 모른다는 생각이 들었다. 한편으로는 얼마나 자기가 좋으면 그럴까 싶기도 했다. 그 뒤로 몇 번 더 보는 사이에 그에 대한 호감이 더해 갔다.

장 선생의 바로 아래 남동생은 서울에서 대학에 다니고 있었다. 장 선생은 원주에서 서울의 아우에게 보낸 편지에 이렇게 썼다.

'편지를 하나 넣어 보내마. 네가 직접 가서 전하고 답장을 받아 오면 좋겠다.'

편지 내용은 늘 하던 이야기였다. 한참 교육에 대한 열정을 펼쳐 보인 뒤에, 나는 당신이 좋으니까 빨리 답하라는 재촉으로 마감했다.

아우는 형이 시킨 대로 그이네 집을 찾아갔다. 대문을 열고 선 그이가 물었다.

"누구세요?"

"형 심부름으로 이 편지를 갖고 왔어요."

아우는 그이가 집 안으로 사라진 뒤에도 대문 앞을 떠나지 않았다. 저녁 때 밖에 누가 있다는 말을 듣고 나온 그이는 장 선생의 아우를 보고 무척 놀랐다.

"왜 안 돌아갔어요?"

"형이 꼭 답장을 받아서 들고 오라 했습니다."

그 뒤로도 똑같은 일이 서너 번 이어졌다. 그이는 편지를 받아 읽기만 할 뿐이었고 답하지 않았다.

어느 날 그이는 날이 깜깜해진 뒤까지 문간에 있는 장 선생의 아우를 보고 웃었다.

"오늘은 거기서 밤을 샐 모양이네요?"

집 안으로 들어간 그이는 처음으로 답장을 썼다. 돌아 나온 그이에게서 편지를 받아 든 장 선생의 아우는 활짝 웃었다.

"고맙습니다. 저도 이리 좋은데, 우리 형은 이 편지를 읽고 얼마나 좋아할까요?"

그때부터 모든 일이 아주 빠르게 이루어졌다. 석 달 뒤에 그이와 장 선생은 서울 가회동 성당에서 혼인식을 올렸다. 충무로 사보이호텔에서 며칠 지낸 뒤에 장 선생이 먼저 원주로 떠났고, 얼마 지나 그이가 뒤따라 갔다.

그이는 바로 아래 동서에게 그 시절 이야기를 들려주었다. 동서는 그이와 장 선생 부부가 사는 집에서 골목길 하나 건넌 곳에 살았다.

"시부모에 다 큰 시동생들까지 식구가 열 명이 넘는 거야. 우리 친정에는 여자 형제만 있거든. 근데 여기에는 남자들만 있으니까, 하나같이 먹성이 얼마나 무시무시했는지 몰라. 전쟁 때 포탄이 떨어져 홀랑 불타 버린 집에서 무얼 건졌겠어. 아무 것도 남은 게 없었지."

"형님, 고생이 이만저만이 아니었겠어요."

"게다가 저 양반은 책밖에 모르잖아. 돈을 벌려고 무슨 장사를 해 본 것도 아니고. 너무 고생스러운 나머지, 나도 모르게 저이를 원망할 때가 있더라고. 처음 만날 때는 진짜 뜬구름 같은 소리만 해서 홀딱 넘어갔거든. 하도 서둘러 대니까 정신이 하나도 없었어."

동서가 호호 웃었다.

"그래도 두 분은 서로 마음이 잘 맞잖아요. 한 번도 서로 다툰 적이 없을 것 같은데요?"

"이따금 둘 다 신경이 날카로워질 때가 있지. 그런데 우리는 그날로 끝내요. 싹싹하게 사과하고 받아들이면 다툼이 오래 갈 수가 없어. 이튿날 아침에 일보러 나가는 양반 앞에서 낯을 붉히는 건 어떻게든 안 하려 했어."

"그날로 끝낸다고요?"

"그래, 속전속결이라는 말이 있잖아."

두 여인은 동시에 웃음을 터뜨렸다.

그이는 동서에게 고생한 일만 얘기한 것 같아 슬며시 남편 자랑을 곁들었다.

"우리 내외가 쓰는 문간방이 남향이잖아. 온종일 해가 드는 여름에는 무척 더워. 내가 더위를 많이 타잖우. 한여름 밤에 너무 더워 잠을 못 이룰 때가 많아. 저 양반이 곁에 앉아 하염없이 부채질을 해 줘요. 나를 재운 뒤에야 잠자리에 들지. 이런 일이 있고 또 있다 보니까, 마음이 굳었다가도 언제 내가 저 양반을 원망했나 싶게 스르르 풀어져요."

언제던가 장 선생은 그이에게 편지와 함께 목기를 선물했다. 그이는 마음이 싱숭생숭할 때면 나무를 파서 만든 그릇에 자신을 빗댄 남편의 편지를 꺼내 읽었다.

> 평생 고단하게 사시는 당신께 무언가를 드리고 싶은 마음은 있는데, 표현이 잘 안 되네요. 오늘 보니까 피나무로 만든 목기가 있기에 얻어 왔어요. 마음에 드실는지요. 겉에 수없이 많은 비늘이 파이며 목기가 만들어지듯이, 당신 또한 수많은 고통을 넘기며 그릇을 이루어 가는 것 같아요.

27

장 선생은 어제 역전식당에서 주인 박 사장과 함께 낮술을 마셨다. 집으로 돌아가던 길에 고향 선배를 만나 한소리를 들었다.

"어찌 낮술에 취해 얼굴이 벌게져 비틀거리는가?"

"어쩌다 보니 이리 되었습니다."

"몸에 탈나면 어쩌려고? 자네가 건강해야 우리도 편안하지 않겠나?"

"걱정해 주셔서 고맙습니다."

저녁 내내 장 선생은 무척 힘들어 하며 쩔쩔맸다. 속이 울렁거렸고 머릿속이 윙윙 울렸으며 온몸이 후끈거렸다. 그이가 남편에게 약을 먹였다.

"물을 많이 마셔야 해요. 자, 한 모금 더 드세요."

장 선생은 밤에도 잠을 못 이루었다. 동이 틀 즈음에야 눈을 좀 붙였고, 다시 깨어 뒤척거렸다. 곁에 누운 아내가 고개를 돌렸다. 흐릿하게 드러난 남편의 얼굴을 살피며 속으로 중얼거렸다.

'원래 술이 세지 않다는 거 잘 아시잖아요. 또 누가 따라 주는 대로 다 드셨나 봐요.'

그이는 참 이상한 일이라고 생각했다. 남편은 다른 건 다 절제하면서 술 하나만 절제를 못했다. 남편 스스로 그 까닭을 밝히긴 했다.

"누가 나같이 하찮은 사람한테 술을 권하다니, 한없이 고마운 일이지요. 그런 술을 마다하는 건 예의가 아니에요."

그럴듯한 얘기 같으면서 억지로 갖다붙인 궤변 같았다. 그이는 남편이 술 하나를 절제하고 다른 거 열 가지를 낭비하겠다면, 그쪽이 한결 낫겠다는 생각이 들었다.

검약과 절제는 이 집안의 오랜 가풍이었다. 장 선생의 할아버지부터가 덜 먹고 덜 쓰고 한껏 아끼는 버릇이 온몸에 배었다. 음식이며 물건을 아낄 줄 알아야 사람을 아끼게 된다는 믿음이 바탕에 깔려 있었다.

그는 젊었을 때 나귀를 끌고 원주와 서울을 오가며 장사해 돈을 많이 벌었다. 그 돈으로 꽤 넓은 논밭을 사들였다. 땅 많은 사람이 곧 부자이던 때였다. 그가 지나가면 모두가 알은척했다.

"저기 원주 세 번째 부자가 간다."

"원주 세 번째 부자가 오늘 무척 바쁜가 보네. 걸음이 아주 빨라."

그러나 그는 원주에서 세 번째로 가난한 사람도 못 따라갈 만큼 검소했다. 낡은 옷을 끝까지 기워 입었고, 땅에 떨어진 쌀 한 톨을 그대로 놔두지 않았다. 이런 가풍은 장 선생의 아버지를 거쳐 육 남매로 이루어진 장 선생의 형제들에게 이어졌다. 돌연변이가 하나쯤 있을 법한데, 전혀 없었다.

그이는 올해로 장 선생과 혼인하여 한 식구가 된 지 스물여섯 해가 지났다. 지금까지 장 선생은 아내에게 옷을 사 달라거나 어떤 음식을 먹고 싶다고 한 적이 없었다. 남방셔츠나 잠바를 하나 사다 주면 순순히 받아 입지 않았다.

"지금 있는 옷도 멀쩡한데, 괜한 일을 하셨구려."

꼭 그렇게 중얼거려 그이의 마음을 아프게 했다. 남편의 셔츠와 잠바와 바지가 너무 낡아 보여 한 벌씩 사다 놓았다가 번갈아 그런 소리를 들었다. 그 뒤로 다시는 남편 옷을 사지 않았다.

꿰매고 또 꿰매었는데 더는 못 입을 정도가 되면, 봉투에 돈을 넣어 서재 앉은뱅이책상에 슬쩍 갖다 놓았다. 겉봉에는 간단하게 '바지', '셔츠', '잠바', 그렇게 적었다. 그러면 남편 스스로 장에 나가 옷을 사 입었다.

지금 장롱에 걸려 있는 잠바는 두 벌이었다. 봄가을에 입는 잠바와 겨울에 입는 잠바였다. 바지는 잠바보다 자주 빨아 입어야 해서 숫자가 좀 더 많았다. 다 합하면 네 벌이었다. 그 가운데 하나는 양복 상의와 짝을 이룬 바지였다. 겨울 코트 한 벌이 따로 있었다.

구두는 두 켤레였다. 고무신이 한 켤레, 슬리퍼도 한 켤레였다. 벙거지 모자는 선물 받은 것들이 있어 좀 많았다. 모두 다섯 개였다. 속옷 몇 벌에 양말은 예닐곱 켤레였다. 이게 한 해 내내 장 선생이 머리부터 발끝까지 쓰고 입고 신는 것들의 전부였다. 모두 잘 개고 잘 접으면 라면 상자 두 개를 채울까 말까 했다.

장 선생은 후배 여럿이 찾아와 서로 이야기를 나누는 자리에서 이런 말을 했다.

"옛 어른들은 하늘을 공경하고 사람을 공경하고 사물을 공경하라고 했어요. 여기서 사물을 공경하라는 말은 아끼라는 말이 아니겠어? 사람을 아낀다고 할 때의 아낀다는 말이지. 내가 옷 같은 것들을 한껏 오래 입으려 하고 잘 버리지 않아요. 이게 환경을 보호하고 보존하는 길이기도 하거든."

"헌 옷 하나를 버리고 새 옷을 사 입으면, 공장에서 옷 하나를 더 만들게 된다는 말씀이시군요?"

"그래, 바로 그거야. 그렇게 되면 그만큼 옷감을 더 소비하게 되고, 공장 기계에서 기름을 더 쓰게 되지. 굴뚝에서 연기를 뿜어내 조금이라도 더 공기를 오염시키게 돼 있단 말이야. 물건 하나를 아끼는 마음은 곧 우주를 아끼는 마음이니, 이 얼마나 엄청난 얘기인가!"

장 선생 부부는 여느 때 잠에서 깨어날 때면 두런두런 이야기를 많이 나누었다. 두 사람 모두에게 하루 가운데 가장 편안하고 느긋한 시간이었다. 오늘도 아내는 남편에게 여러 번 말을 건네려 했다. 이것저것 물어볼 것도 있었다.

하지만 어제 남편이 술을 많이 마시고 와 밤새 앓은 게 마뜩하지 않았다. 약을 먹고 나서 손가락으로 머리칼을 가다듬는 남편에게 짧게 말했다.

"좀 더 쉬고 계세요. 아침 준비할게요."

곧 부엌으로 나가 달그락 소리를 내며 그릇 몇 개를 닦았다. 잰 손놀림으로 착착착 소리를 내며 바가지에 든 쌀을 잘 씻어 솥에 안쳤다. 곧 뒤뜰 텃밭으로 가서 무 싹을 한 줌 뽑아 왔다. 된장을 풀고 멸치를 넣어 한소끔 끓여 국을 만들었다. 우물물에 담가 둔 명절 때 먹다 남은 반찬 여럿과 김치를 그릇에 담았다.

한숨 돌리며 사립문을 열고 밖을 내다볼 때였다. 골목길을 걷던 시동생이 돌아보고 인사했다.

"형수님, 잘 주무셨어요?"

"예, 산보 다녀오시나 봐요."

"어제 형님 약주 많이 드셨지요? 저녁때 댁으로 들어가시는 거 보았어요."

"예, 낮술을 드셨더라고요."

"제가 가까운 사람들을 볼 때마다 잔소리하지요. 제발 우리 형님한테 술 좀 권하지 말라고요."

그이가 한숨을 폭 쉬었다.

"그게 권하는 사람 잘못이겠어요? 주는 대로 받아 마시는 사람이 문제지요. 저, 아침 차리러 들어갑니다."

그이가 시동생과 이야기를 나누다 말고 그렇게 휙 돌아서기는 드문 일이었다. 그만큼 부끄럽고 속이 상했다. 부엌으로 들어가 뜸이 든 밥을 주발에 봉긋하게 담았다. 소반에 상을 차려 들고 마루를 지나 안방으로 들어갔다.

"아침 드세요."

장 선생은 겨우 일어나 낯을 씻고 서재에 가 있었다. 헛기침하며 서재를 나서 안방에 들었다. 밥상을 가운데 두고 아내와 마주 앉아, 두 손을 무릎에 올리고 김이 오르는 밥을 잠자코 바라보았다.

장 선생이 다른 사람들에게 가장 많이 써 준 글에 밥이 들어 있었다.

밥 한 그릇을 알면 우주를 알 수 있다.

다음으로 많이 쓴 엇비슷한 글에도 밥이 나왔다.

밥 한 그릇에 우주가 담겨 있다.

오늘도 장 선생은 밥그릇 앞에서 고개를 숙이며 작게 중얼거렸다.

"고맙습니다."

그이는 그런 남편을 앞에 두고, 지금껏 스물여섯 해 동안 손님을 맞았던 일을 돌아보았다. 하루도 거르지 않고 손님이 불쑥 찾아왔다.

"계세요? 여기가 장 선생님 댁 맞지요?"

점을 치는 집에서나 물어볼 말을 장 선생에게 던지는 이들이 적지 않았다.

"우리 애가 이번에 대학에 들어갈 수 있겠습니까?"

"이사를 하려는데, 어느 날 하면 좋을는지요?"

"올해 안에 외국에 나갈 일이 있습니다. 다녀와도 괜찮을까요?"

또 어떤 손님은 엉뚱한 말을 꺼냈다.

"용하시다는 말씀을 듣고 왔습니다."

용하다는 건 앞으로 벌어질 일을 아주 잘 알아맞히는 점쟁이한테 쓰는 말이었다.

끼니때 손님이 찾아오면, 장 선생 부부는 손님에게 꼭 물었다.

"식사는 하셨나요?"

"아니요, 나중에 돌아가 천천히 먹겠습니다."

"같이 드십시다. 우리도 먹어야 하거든요. 시장하시더라도 좀 기다리세요."

그때부터 그이는 부엌과 마당 사이를 잰걸음으로 오갔다. 남편과 단 둘이 있을 때는 김치 한두 가지와 장아찌만 있으면 됐다. 그러나 여느 안주인이 그렇듯이 그이도 손님상에는 반찬을 좀 더 내고 싶었다. 집에 찬거리가 없을 때는 이웃집으로 달려갔다.

이웃 여자들은 허둥대는 그이를 보고 금세 무슨 일인지 알아챘다.

"마침 고등어 한 손이 있어요. 갖다가 구워 손님상에 올리세요."

그렇게 생선이나 고기를 얻어오기도 했고, 골목길 건너 동서네 집에 다녀오기도 했다. 동서가 손을 내저었다.

"형님, 먼저 댁에 가 상 차리고 계세요. 제가 반찬 좀 갖다드릴게요."

이 집 저 집 돌아다닐 짬이 없을 때도 있었다. 그이는 장화로 갈아 신고 앞뜰로 들어갔다. 그곳에서는 온갖 풀이 무릎과 허리 높이로 자랐다. 그이는 먹을 수 있는 풀이라면 뭐든지 뽑아다가 삶고 볶고 데쳤다. 여름과 가을에 이 집 앞뜰은 반찬 찬장이었다.

손님이 적은 날에는 두셋, 많은 날에는 예닐곱 번에 나누어 모두 서른 명 넘게까지 찾아왔다. 때로는 같은 시각에 서로 패가 다른 손님들이 들이닥쳤다. 손님들은 마당에 줄을 서 순서를 기다렸다. 하나가 들어갔다가 나오면 다음 사람이 들어갔고, 그 사람이 나오면 또 다음 사람이 들어갔다. 병원에서 환자들이 순서대로 진료실에 들어가고 나오는 장면 같았다.

하나가 나갔는데 다음 사람이 안 들어오고 머뭇거리면, 그이가 현관 밖을 내다보고 병원 간호사처럼 말했다.

"어서 들어오세요."

남편이 날마다 눈뜨자마자 서재로 건너가는 까닭이 있었다. 그때가 아니면 한 시간이라도 책을 읽거나 붓을 들기 힘들었다. 아침밥을 먹고 나서 다시 서재에 가 지냈다. 그때는 온 집안에 적막이 흘렀다. 햇살이 앞뜰에 비칠 때, 적막을 깨며 그날의 첫 손님이 찾아와 외쳤다.

"선생님, 댁에 계시나요?"

남편은 자기를 찾아오는 손님을 골라서 받지 않았다. 낮에 종일 본채 왼쪽에 서녘으로 낸 사립문을 열어 둔 건 그런 뜻에서였다. 손님들은 집안 문제와 자식 문제, 건강 문제 같은 것을 남편에게 늘어놓았다. 남편은 손님의 말을 중간에 끊지 않고 끝까지 다 들었다. 손님이 말을 마친 뒤에야 몇 마디 도움이 될 만한 말을 건넸다.

28

오늘 아침에 그이는 수저를 내려놓고 숭늉을 드는 남편의 해쓱한 얼굴을 물끄러미 쳐다보았다. 어지간히 아프지 않으면 통증을 겉으로 드러내지 않는 사람이었다.

예전에 남편이 속병이 심해져 며칠 입원한 때가 떠올랐다. 그때도 어떻게 알고 병원으로 손님들이 찾아왔다. 병상에 비스듬히 일어나 앉은 남편에게 고민을 털어놓았다.

"저희 집 작은 애가 학교 공부를 안 해서 걱정입니다. 대학에 꼭 보내야겠는데요, 어쩌면 좋겠습니까?"

남편이 끙 소리를 내며 어렵게 입을 열었다.

"아이가 대학에 꼭 가야겠다고 하던가요?"

"저도 제 성적을 빤히 아는데요, 어디 그러겠습니까? 고등학교를 마치는 대로 군대에 가겠다는군요. 그 다음 일은 그 다음에 생각하겠대요. 어째 저리 태평한지 모르겠습니다."

남편이 따뜻한 물을 조금 마시고 느릿느릿 말했다.

"목이 마르지 않은 소를 끌고 개울로 데려가, 억지로 물을 먹이려 하면 먹을까요?"

"안 먹겠지요."

"잘 아시네요. 소든 사람이든 스스로 하고자 하는 마음이 있어야 해요. 아이를 가만히 내버려두면 스스로 알아서 잘할 겁니다."

어떤 이는 병실로 들어설 때부터 한숨을 푹푹 쉬었다.

"아주 가까운 친구가 있는데요, 저한테서 돈을 꾸어 갔어요. 근데 갚기로 약속한 날짜가 한참 지났어요. 이 친구가 전화 한 통을 안 해요. 친구한테 가서 돈을 돌려달라고 해야겠지요?"

남편이 딱 잘라 말했다.

"그러지 않는 쪽이 낫겠습니다."

손님이 고개를 갸웃했다.

"재촉하지 않으면 슬그머니 넘어가려고 할 것 같은데요?"

남편이 알아듣기 쉽게 설명했다.

"만일 그 친구가 돈을 갚을 형편이 되거나 그럴 마음이 있었다면, 당연히 그렇게 했겠지요. 그 친구에게 가서 돈을 돌려달라고 그랬는데도 안 돌려주면, 선생께서는 친구를 영영 잃게 되지 않겠습니까? 돈도 못 돌려받고 친구도 잃고, 그렇게 된다는 얘기지요."

손님이 머뭇대다가 대꾸했다.

“솔직히 그 친구를 잃고 싶지 않습니다. 오랜 세월 서로 많이 의지하고 살아왔지요.”

남편은 자기 몸이 아픈 것도 잊고 힘주어 말했다.

“참된 친구 사이에는 셈을 하지 않습니다. 셈을 하는 건 장사하는 사람들이 하는 일이지요. 그 친구에게 돈 빌려준 일을 잊으세요. 그러면 예전처럼 그 친구를 편안하게 대하게 될 겁니다.”

심지어 어떤 이는 입원 환자에게 자기가 앓는 병에 대해 물었다.

“가끔 속이 쓰리고 창자가 꼬이고 해서 잠을 못 이룹니다. 어쩌면 좋겠습니까?”

남편이 마침 밀려오는 통증을 누르느라 애쓰며 대꾸했다.

“저하고 비슷하군요. 병원에 가 보셨습니까?”

“가 보았지요. 지금도 약을 처방 받아 먹고 있어요. 근데 사업상 술을 안 마실 수 없으니 속이 나아지지를 않네요.”

“이미 답을 알고 계시는군요. 사업이 건강보다 소중하다고 여기시면, 지금 이대로 속병을 안고 사는 수밖에 없습니다.”

그이는 이 모든 일을 곁에서 잠자코 지켜보았다. 가만히 누워 있어도 아픈 사람이 다른 사람 걱정을 들어준다는 건 그리 간단한 일이 아니었다. 안쓰러우면서도 놀라운 마음에 그이는 스스로를 돌아보았다.

‘나 같으면 흉내도 내기 힘든 일이야.’

오늘처럼 몸이 안 좋은 날에도 남편은 아침상을 물리자마자 외출할 준비를 했다. 그이는 남편이 어디로 갈지 알고 있었다. 뜻대로 될 일이 아님을 알면서도 남편을 집에 붙잡아 두고 싶었다.

“오늘도 나가세요?”

남편은 아내의 물음에 대꾸하지 않았다. 벙거지 모자를 쓰고 현관으로 가서 구두를 신었다. 그이가 남편을 따라 나갔다. 가까스로 입을 열어 다시 물었다.

"오늘은 집에서 쉬지 그러세요?"

남편이 달아나듯이 사립문 쪽으로 종종걸음 쳤다.

"서둘러 일 마치고 돌아오리다."

그이는 남편이 사라진 뜰에 우두커니 서서 생각했다.

'오늘도 어제처럼 집에서 손님 맞을 일은 없겠네. 손님상 차릴 일도 없을 거고.'

집에서 지내는 사람에게는 편안한 하루가 될 수도 있었다. 그러나 그이는 여간 마음이 무겁지 않았다. 두 손을 맞비비며 중얼거렸다.

"기차역이라는 데가 보통 시끄럽고 복잡한 곳이 아니잖아. 몸이 저리 안 좋은데, 어디에 제대로 앉아 쉬지도 못하겠지. 온종일 얼마나 힘들고 괴로울까!"

7장

위기일발

29

장 선생이 원주역 앞에서 이야기보따리를 푼 지 닷새가 지났다. 오늘도 많은 청중이 단풍나무 밑에 모였다. 모두 스물대여섯 명이었다. 앞쪽 청중은 바닥에 앉고 뒤쪽 청중은 바로 섰다.

장 선생은 때로는 진지하게, 또 때로는 신바람을 내며 이야기를 들려주었다. 두 손을 들어 물결치듯이 흔들 때는 덩실덩실 춤을 추는 듯했다. 중요한 대목을 말할 때는 오른손 검지로 허공을 쿡 찔렀다. 모든 몸짓이 이야기의 흐름과 박자가 아주 잘 맞았다. 넘실대고 출렁이다가 구비를 도는 강물처럼 이야기는 끝없이 흘러갔다.

장 선생이 우뚝 몸짓을 멈추고 말했다.

"학교 선생들 가운데는 제자 자랑을 하며 자기 자랑을 하는 이들이 있어요. '내가 애를 가르쳤습니다. 하나를 가르치면 열을 깨우쳤지요' 하고 말이에요. 자기가 사람 하나를 잘 키웠다는 얘기지요."

모든 청중이 숨을 죽이고 말똥말똥한 눈으로 다음 말을 기다렸다.

"교육은 선생과 제자가 서로를 가르치고 키우는 일이에요. 처음부터 끝까지 오직 한쪽이 다른 쪽을 가르치는 관계가 아니란 말이지요. 무슨 말인지 아시겠어요?"

앞쪽에 앉은 이가 고개를 갸웃했다.

"잘 모르겠는데요."

"자, 그럼 이렇게 말해 봅시다. 선생은 제자들을 잘 가르치려면, 먼저 제자들이 무얼 알고 무얼 모르는지를 알아야겠지요? 제자들에게 이것저것 물어봐야겠지요? 그러면 제자들이 대꾸해요. 자기가 무얼 알고 무얼 모르는지를 선생에게 들려주어요. 바로 그때가 선생이 제자들한테 배우는 순간이라는 말이지요. 저마다 서로 모르는 걸 알려 주는 일이 바로 교육이라는 겁니다."

여러 청중이 고개를 끄덕였고, 누군가 손뼉을 짝 치며 외쳤다.

"아하, 그렇구나!"

그 소리에 모두 하하하 웃었다.

장 선생이 말을 이었다.

"한 걸음 더 나아가 볼까요? 선생은 학생들한테 질문을 받을 때, 자기가 무얼 잘 모르는지 깨닫게 됩니다. 그럴 때 이렇게 대꾸해요. '그래, 네가 질문한 내용에 대해 내가 잘 모르겠구나. 오늘 집에 가서 공부하고 내일 와서 알려 주마.' 그렇게 해서 스승은 잘 모르는 것을 또 배우게 된다, 이겁니다."

"선생님, 물 한 잔 드세요."

앞에 앉은 이가 장 선생에게 물 잔을 내밀었다. 장 선생은 두 손으로 잔을 받아 들고 한 모금 마셨다. 탁했던 목소리가 한결 맑아졌다.

“의사와 환자의 관계도 똑같아요. 의사는 환자가 들어와 앉으면 묻습니다. ‘어디가 어떻게 아파요?’ 그러면 환자가 대꾸합니다. ‘허리가 쑤시고 속이 쓰리고 발이 저립니다.’ 그 순간에 의사는 환자의 몸 상태에 대해 알게 돼요. 뒤이어 의사는 환자더러 ‘그 병이 나으려면 이렇게 저렇게 해야 합니다’ 하고 가르칩니다.”

누군가 다시 손뼉을 짝 쳤다.

“옳은 말씀이세요.”

“만일 환자가 아무 말도 안 하면 어떻게 될까요? 의사는 환자가 어디 아픈지 알 수 있을까요?”

“없습니다.”

장 선생은 잠깐 하늘을 흘러가는 구름을 올려다본 다음 눈길을 내렸다.

“의사들 가운데는 자기가 환자한테 큰 은혜를 베푸는 것처럼 구는 사람이 있습니다. 그런데 말이지요. 의사는 환자가 없으면 밥을 먹고 살 수 있겠습니까?”

“아니요, 살 수 없지요.”

“그렇습니다. 의사한테 밥을 먹이는 사람은 환자입니다. 의사는 환자를 생명의 은인이자 하느님 같은 존재로 받들어 모셔야 해요. 환자한테 턱을 높이 들고 사납게 말하고, 환자가 뭐라고 묻는데 제대로 대꾸하지 않고, 시큰둥한 얼굴로 그만 나가 보라고 손짓하고, 그러면 안 되겠습니다. 하느님을 믿는다는 사람이 하느님한테 반말로 기도하는 것과 같으니까요. 어떻습니까, 제 말이 맞지 않습니까?”

여러 청중이 큰소리로 박수치며 잇달아 외쳤다.

“옳소! 속이 다 후련합니다!”

그 소리에 모든 청중이 하하하 웃었다.

"세상에는 자식을 소유물로 생각하는 부모들이 적지 않아요. '너는 영원히 내거야. 그러니까 덮어놓고 내 말을 잘 들어야 해' 하고 말하지요. 이들은 자식을 자기 마음대로 다루려고 해요. 자기가 젊었을 때 못 이룬 것을 자식을 통해 이루려 하고, 자식이 자신하고는 다른 존재라는 걸 인정하지 않아요. 혹시 여러분도 그런 생각을 하고 있지 않나요?"

아무도 대꾸하지 않았다. 여태껏 장 선생을 똑바로 쳐다보던 많은 이들이 눈길을 피했다.

"'생이불유'라고 했습니다. '생'은 낳았다는 뜻이고, '유'는 소유한다는 뜻입니다. '낳았으되 소유하려 하지 마라.' 옛날에 노자라는 분이 하신 말씀이지요. 부모는 자식이 어른이 될 때까지 돌봐 주어야 할 책임이 있습니다. 자식이 다 자라 어른이 되면요, 그때부터는 자식 스스로 자기 인생에 책임을 지고 살게 놔둬야 합니다."

참새 떼가 후르르 소리를 내며 단풍나무에 내려앉았다. 마치 장 선생의 이야기를 들으러 온 듯했다. 한 사내가 참새들을 쫓으려고 모자를 벗어 흔들었다. 장 선생이 손을 내저어 말리고 말했다.

"시어머니와 며느리의 관계도 똑같아요. 여기, 며느리를 둔 시어머니 있으면 손들어 보세요."

나이 지긋한 여자 네댓이 손을 들었다.

"여러분께 물어봅시다. 며느리가 자기 아들한테 소홀히 하는 것 같아 서운할 때가 있나요? 밥을 제대로 해 먹이지 않고, 옷을 잘 빨아 입히지 않는 것 같아 화날 때가 있나요?"

여자 둘이 동시에 고개를 끄덕이며 대꾸했다.

"예, 있어요."

"그럴 때 며느리한테 버럭 성내며 잔소리하면, 아드님이 좋아하던가요?"

아무도 대꾸하지 않자 덧붙였다.

"이렇게 또 물어봅시다. 아들이 어머니한테 말해요. '어머니, 아내가 이런저런 걸 잘 못해요. 어머니가 저 대신 아내를 단단히 혼내 주세요.' 이런 말을 들어 본 적 있는 어머니, 손들어 보세요."

여인들 가운데 아무도 손을 들지 않았다.

"아들과 며느리는 여러분과 똑같은 어른입니다. 가만히 놓아두면 스스로 알아서 잘합니다. 설령 스스로 알아서 잘하지 못하더라도 내버려두세요. 그들은 그들 스스로 자신의 삶을 설계하고 결정하며 살아갈 권리를 갖고 있으니까요."

며느리를 둔 여인들의 얼굴에 서운한 빛이 스쳤다. 장 선생이 여인들을 하나씩 돌아보았다.

"어른이 된 아들은 남이에요. 남이 어떻게 살든지 참견하는 건 도리가 아니고 예의도 아니지요. 제 말이 섭섭하게 들려도 어쩔 수 없습니다. 제 말뜻 아시겠어요?"

한 여인이 좀 떨떠름한 듯 말끝을 흐리며 아주 느리게 대꾸했다.

"예에에에…"

모든 청중이 하하하 웃으며 박수를 쳤다.

30

온 하늘에 먹구름이 덮였고 바람이 세차게 불었다. 나뭇가지에 앉아 있던 참새들은 이미 어디론가 날아갔다. 비닐과 종이쪽이 이리저리 휙휙 날아다녔다. 마침내 툭툭 투두둑 단풍나무 잎을 때리며 빗방울이 떨어졌다.

청중 가운데 어느 누구도 자리를 뜨지 않았고 하늘을 올려다보지도 않았다. 그렇게 이야기에 푹 빠진 사람이 많았다. 빗방울이 떨어지는 걸 일부러 모르는 체하는 사람도 있었다. 모두 빗줄기가 굵어져 이 자리가 끝나는 일이 없기만 바랐다.

사십대 초반인 두 사내도 그 곳에 있었다. 하나는 안기부 요원 강진만이었다. 그는 청중 뒤쪽에 멀찍이 물러나 앉아 있었다. 장 선생의 눈에 뜨이지 않도록 고개를 숙이고 신문을 보는 척했다.

소매치기 이동철은 단풍나무 뒤쪽으로 좀 더 멀리 떨어져 있었다. 장 선생이 무슨 말을 하는지 알아듣기 힘든 거리에서 팔짱을 끼고 절반쯤 돌아서 있었다. 청중이 하하하 웃거나 박수칠 때마다 쓱 돌아보았다.

청중의 희망을 거스르며 빗방울이 점점 더 굵어졌다. 모든 사람들의 옷에서 빗물 자국이 늘어 갔다. 하나둘 다른 사람 눈치를 살피며 엉덩이를 들썩였다.

장 선생이 모자를 벗어 가슴에 댔다.

“자, 오늘은 여기까지 합시다. 다음에 또 뵙지요.”

청중 여럿이 잇달아 대꾸했다.

“말씀 잘 들었습니다.”

“선생님, 고맙습니다. 안녕히 가세요.”

장 선생은 그들에게 공손히 허리를 굽혔다.

“예, 저도 즐거웠습니다. 고맙습니다.”

뒤이어 역 앞의 작은 공원을 떠났다. 모든 청중이 무척 아쉬운 얼굴로 뿔뿔이 흩어졌다. 이동철과 강진만, 그렇게 딱 두 사내만 장 선생의 뒤를 밟았다. 잠깐 거의 어깨를 나란히 하고 걷는 순간이 있었다. 그러나 두 사람은 서로를 전혀 몰랐다.

동철은 장 선생과 걷는 속도가 비슷했다. 장 선생이 빨리 걸으면 동철도 빨리 걸었고, 걸음을 늦추면 덩달아 늦추었다. 마치 눈에 안 보이는 끈으로 서로 이어져 있는 것처럼 보였다.

진만은 갈수록 걸음이 더욱 빨라졌다. 장 선생이 왼쪽 보도를 계속 걷게 놔두고, 건널목에서 찻길을 종종걸음으로 건넜다. 건너편에서 걷는 장 선생을 힐끗힐끗 바라보더니 냅다 달음박질쳤다. 지금 장 선생이 어디로 가는지 잘 아는 듯했다.

부슬비가 내리는 원주 시내의 저녁 거리는 무척 아름다웠다. 맑은 날이었더라도 이미 해가 져 어두워질 때였다. 가게에서 새어나오는 불빛, 길바닥을 적시고 흐르는 물에 비친 불빛, 허공을 긋는 빗줄기를 비추는 불빛도 아름다웠다.

은행나무와 플라타너스 잎사귀는 푸른빛을 잃으며 노란색과 갈색이 꽤 짙어졌다. 빗방울이 잎사귀를 타고 굴러 바닥으로 떨어졌다. 휘휘 부는 바람에 옆으로 비껴 날리는 빗방울은 아주 작은 수정 알갱이 같았다.

장 선생은 길을 걷는 내내 무척 낯빛이 밝았다.

"하늘과 땅과 사람들 모두가 한데 잘 어우러졌네! 풍경이 아주 정겨워요!"

큰길을 벗어나 골목 입구로 다가갈 때, 박영수가 우산을 든 채 달려왔다.

"선생님, 갑자기 비가 올 줄 몰랐습니다. 옷이 흠뻑 젖어 감기 드시겠어요."

우산 속으로 들어간 장 선생이 대꾸했다.

"오랜만에 빗길을 걸었더니 기분이 참 좋구먼."

영수가 웃었다.

"선생님 표정이 꼭 어린아이 같습니다."

"그래? 듣던 중 반가운 소리일세. 모두 다 오셨나?"

"예, 오늘은 좀 일찍 만났습니다."

장 선생은 지금껏 늘 모임을 갖던 식당으로 가고자 골목으로 발을 들여놓으려 했다. 영수가 장 선생의 옷소매를 잡아당기며 속삭였다.

"선생님, 오늘은 장소를 바꾸었습니다. 앞서 형제집에서 모임을 가졌을 때, 옆방에서 누가 엿듣는 것 같다는 얘기가 있었거든요. 저를 따라오세요."

영수는 아예 장 선생에게 우산을 넘겨주고 잰걸음으로 앞장섰다. 두 사람은 큰길을 하나 건너 골목으로 들어갔다. 기역자로 방향을 틀어 더욱 좁고 막다른 골목으로 접어들었다. 골목 끝에 '향로봉'이라는 간판을 단 식당이 보였다. 향로봉은 치악산 봉우리 이름이었다.

영수와 장 선생은 미닫이문을 드르륵 열고 안으로 들어갔다. 식당 주인이 활짝 웃으며 반겼다.

"선생님, 오랜만에 오셨네요! 어머나, 비를 맞으셨나 봐. 잠깐만요."

장 선생은 주인이 건넨 수건으로 머리와 어깨에 묻은 빗물을 닦고 털었다.

"잘 지내셨지요? 광원이한테 연락 왔나요?"

"예, 엊그제 편지 왔어요. 논산에서 훈련 잘 마치고 부대 배치 받았답니다. 철원에 있는 부대래요."

"그렇군요. 군대 생활 잘할 겁니다. 더욱 건강하고 씩씩해질 거예요."

두 사람은 식당 입구를 지나 안마당으로 들어섰다. 빗줄기가 함석지붕을 때리며 연주하는 맑은 소리가 들려왔다. 빗줄기는 반질

반질한 마당 복판 흙바닥으로도 떨어져 내렸다.

영수가 먼저 쪽마루로 올라서며 방문을 열었다. 불빛이 마당으로 눈부시게 쏟아져 나왔다. 장 선생이 섬돌에 신을 벗고 방으로 들어갔다. 다섯 사람 모두 일어나 인사했다.

"선생님, 어서 오세요!"

"그래, 잘들 지냈나?"

"예, 잘 지냈습니다."

"여, 이게 누구신가? 오랜만이오. 서울 간 일은 잘되었소?"

"예, 아주 잘되었습니다."

"애썼어요, 정말 애썼어. 자, 모두 앉읍시다."

곧 방문이 닫혔다. 장 선생은 그들과 더불어 앞서 만난 뒤로 지금껏 있었던 일들을 주고받았다. 사내 하나가 짐짓 심각한 표정을 지으며 물었다.

"선생님, 원주역에서 도대체 무얼 잃어버리셨어요? 날마다 가서 애타게 찾아 헤매신다면서요?"

"이미 소문이 났구먼."

"혹시 첫사랑을 찾아다니시는 건 아닌가요?"

"첫사랑을 어디서 잃어버렸는지 모르는데, 원주역에 간다고 찾을 수 있겠나?"

"그렇군요. 무언가를 찾게 되면 꼭 알려 주십시오."

"그렇게 하지. 찾게 된다면야 무얼 못하겠나!"

모두 한바탕 왁자하게 떠들며 웃었다.

파전과 굴전이 들어오고 막걸리와 소주가 오갔다. 두어 차례 잔을 부딪치는 소리가 울렸다.

"멋지게 단풍이 물드는 가을을 위하여!"

"원주와 치악산을 위하여, 건배!"

영수가 앞으로 두 손을 모으며 일어났다.

"자, 그럼 시작하겠습니다."

사회를 맡은 영수는 그동안 진행된 일을 보고했다. 모두가 낮고 진지한 목소리로 의견을 주고받았다. 생산자인 농부와 도시 소비자를 직접 잇는 협동조합을 만드는 일, 서울과 전국 곳곳에 쌀가게를 여는 일, 조합원 가운데서 생산자와 소비자 대표를 뽑는 일, 조합의 정관을 다듬는 일에 관한 이야기였다.

이윽고 회의가 막바지에 이르렀을 때, 영수가 장 선생을 쳐다보았다.

"선생님, 한말씀해 주시지요?"

장 선생이 느리고 또박또박하게 말했다.

"무농약 음식을 먹으면 건강하다고 하고, 또 장수한다고 하고, 다 좋지요. 다 좋은데, 저만 오래 살려고, 저만 오래 건강하려고 그럴 적에는 바로 그 자체가 엄청난 공해를 가져온다고 생각합니다. 개인이든 집단이든 이기심을 버리자는 겁니다. 이렇게 저렇게 하면 우리에게 이로우니까 이 일을 한다는 식으로 할 적에는, 또 하나의 좋지 않은 세력을 만드는 꼴이 될 것입니다."

31

슬며시 미닫이문을 열고 향로봉으로 들어서는 이가 있었다. 원주역에서부터 장 선생을 뒤쫓은 이동철이었다. 동철은 골목에서 아까부터 망설이다가 용기를 내어 식당으로 발을 들였다. 마침 주인은 주방에 들어가 안주를 만들고 있었다.

안마당으로 들어선 동철은 주위를 살폈다. 왼쪽으로 어둠 속에 장독대가 보였다. 정면에 방이 하나 있었고, 오른쪽으로 방 두 개가 붙어 있었다. 방 하나에만 불이 켜져 있었다.

'그자는 지금 저 방에 있을 거야.'

동철은 속으로 중얼거리며 마당에 떨어지는 비를 그대로 맞고 두어 발짝 나아갔다. 쪽마루 밑에서 하얀 개가 획 튀어나왔다. 동철과 마주친 개는 화들짝 놀랐다. 멍멍 짖을 법한데 그러지 않고 마당을 질러 장독대 뒤로 달아났다.

'야, 간 떨어질 뻔했잖아!'

동철은 숨을 길게 내쉬며 불빛이 새어나오는 방으로 가까이 다가갔다. 모두 한껏 목소리를 낮춘 탓에 무슨 얘기를 나누는지 알 수 없었다. 소비자와 생산자 같은 단어만 거듭 동철의 귓속으로 날아들었다.

'밖에서 누가 못 듣게 속삭이네. 몰래 뭔 일을 꾸미는 게 틀림없어.'

동철의 눈길이 하얗게 회칠을 한 방문 오른쪽 벽에 가 닿았다. 그곳에 포스터가 붙어 있었다.

이상하면 살펴보고 수상하면 신고하자.

간첩 신고 포스터였다. 동철이 보기에 지금 방 안에 있는 사람들이야말로 말도 못하게 수상한 자들이었다.

'진짜 간첩일지도 몰라. 경찰에 신고할까?'

다음 순간 흠칫 놀라 윗몸을 뒤로 젖혔다.

'그건 안 돼. 경찰에서도 나를 찾고 있을지 몰라.'

세수하듯이 두 손으로 얼굴을 비빈 동철은 고개를 숙였다. 섬돌에 놓인 구두 여섯 켤레가 보였다. 모든 구두가 빗물에 젖어 무척 축축하고 무거워 보였다. 하나같이 낡을 대로 낡고 해졌다. 실밥이 뜯어져 너덜거렸고 뒷굽이 눈에 뜨이게 닳았다. 어떤 구두는 뒷굽이 아예 없어 보였다. 밖에 내놓으면 아무도 집어가지 않을 듯했다.

동철은 예전에 춘천 시청 가까이에서 구두 닦던 때가 떠올랐다. 구두를 보면 그 사람이 무슨 일을 하며 어떤 버릇을 지녔는지 알 수 있었다. 구두 양쪽 뒷굽이 고르게 닳은 이들은 보수가 괜찮고 반듯한 직업을 지녔으며 건강이 아주 좋았다. 늘 양복을 입었고 자기 승용차를 타고 다녔다. 차 트렁크를 열 때 보면 골프채 가방이나 테니스 라켓이 들어 있었다.

뒷굽 한쪽이 다른 쪽보다 눈에 뜨이게 닳은 사람들은 걸을 때 한쪽 어깨가 축 처졌다. 다리 하나가 짧거나 척추가 휘었거나 몸속에 병이 있는 이들이었다. 어떤 이는 그다지 멀지 않은 거리를 단번에 가지 못했다. 좀 걷다가 멈추어 서서 하늘을 올려다보았고, 또 좀 걷다가 멈추고 숨을 골랐다.

이들은 구두를 닦으려고 의자에 앉은 뒤에 동철에게 물었다.

"구두 닦는 값이 얼마요?"

값을 알려 주면 혼잣말로 중얼거렸다.

"많이 올랐네. 안 닦을 수도 없고."

구두 앞코가 거칠거칠하게 닳은 이들도 있었다. 성격이 급해 빨리 걷거나 일에 쫓기는 사람들이었다. 길을 걷다가 곧잘 앞코가 돌부리나 보도 턱에 탁 하고 걸렸다. 앞으로 엎어지려다가 오뚝이처럼 일어나 다시 걸었다. 또 저만큼 걸어가다가 앞으로 윗몸이 휙 쏠리기를 되풀이했다.

지금 동철이 바라보는 구두들은 서로 엇비슷하게 생겼다. 하나

같이 한쪽 뒷굽이 더 닳아 있었고, 구두약이 먹지 않을 만큼 앞코가 많이 벗겨졌다. 이런 구두를 신는 이들은 엎어질 듯 고꾸라질 듯 정신없이 뛰어다녔다. 어제나 오늘이나 숨 돌릴 겨를 없이 바쁜 사람들이었다.

동철은 고개를 더 숙여 자기 구두를 내려다보았다. 눈을 크게 뜨며 속으로 외쳤다.

'내 구두는 새것이나 다름없어!'

지금껏 동철은 자기가 이 세상에서 누구보다 힘들고 바쁘게 산다고 여겼다. 그런데 구두를 보면 전혀 그렇지 않았다. 한숨을 폭 쉬더니, 고개를 번쩍 들며 두 손으로 양쪽 뺨을 가볍게 때렸다.

'내가 왜 이래? 정신 차리자. 마음이 약해지면 안 돼.'

동철은 등산모를 벗어 한 바퀴 돌리며 테를 가다듬고 다시 반듯하게 썼다. 얼굴을 감추려고 쓰고 다니는 모자였다. 잠바 옷깃을 바로 여몄고, 칼이 잘 들어 있는지 확인하려고 가슴께에 손을 댔다. 칼집에 새겨진 용무늬가 움찔하며 꿈틀대는 듯했다.

동철은 칼에게, 그리고 자기 자신에게 다짐을 두었다.

'굳이 죽일 건 없어. 팔다리 하나씩만 못 쓰게 만들자.'

방에서 동철의 귀에 익은 목소리가 들려왔다. 역 앞에서 청중에게 이야기를 들려주던 목소리였다.

"사회 보느라 애썼고, 좋은 의견 나누느라 모두 애썼어요. 박수 한 번 칩시다."

요란하게 박수 소리와 함성이 울렸다. 회의를 마친 이들은 하나씩 돌아가며 구성지고 멋들어지게 노래를 불렀다. 아침 이슬, 황성 옛터, 봄날은 간다 같은 말이 노래에 나왔다. 어떤 노래는 후반부에서 모두 함께 불렀다. 자리가 곧 끝날 것 같지 않았다.

동철은 골목에 나가 기다리기로 했다. 미닫이문을 열려는데, 주방에서 식당 주인이 내다보았다.

"먼저 가시게요?"

주인은 동철을 장 선생의 무리 가운데 하나로 잘못 여겼다. 동철이 가슴을 쓸어내리며 모깃소리로 대꾸했다.

"예."

그 사이에 빗줄기가 가늘어졌고 바람은 더욱 드세어졌다. 어느 집 골함석 처마가 덜덜 떨리는 소리를 냈다. 가로등 불빛과 골목 바닥에 비친 불빛이 훽훽 흔들렸다.

동철은 으스스한 느낌에 목을 움츠렸다. 골목 입구로 걸어가며 입을 오므리고 숨을 골랐다. 주먹을 그러쥐고 다시 굳게 마음을 다졌다.

'며칠 병원에서 지내다 보면, 혼수고 소매치기고 간에 까맣게 잊을 걸. 지금같이 어두울 때가 딱 좋아. 마침 비가 와 나다니는 사람도 얼마 없잖아.'

동철은 골목 입구에서 걸음을 멈추었다. 상점이 많은 큰길 쪽에서 날아오는 불빛에 주위가 꽤 밝았다. 시멘트로 만들어 뚜껑을 덮은 쓰레기통 옆쪽만 짙게 그늘이 드리워졌다. 동철은 그리로 가 바닥에 쪼그리고 앉았다.

사내 하나가 가래침을 탁 뱉고 비틀거리며 골목으로 들어섰다. 바지 지퍼를 내리며 동철에게 바짝 다가왔다. 사내는 쓰레기통에 대고 오줌을 누웠다. 한참 만에 오줌방울을 탈탈 털더니 노래를 불렀다.

"두마안강 푸른 물에, 노 젓는 배애앳사아아공."

동철이 더는 못 참고 벌떡 일어나며 소리쳤다.

"야, 인마! 빨리 안 꺼질래?"

사내는 악 하고 비명을 질렀다. 엉덩방아를 찧고는 게처럼 옆으로 기었다. 바지 지퍼가 열린 채 일어나 엎어질 듯 고꾸라질 듯 달아났다.

32

장 선생과 여섯 사람은 아홉 시가 다 되어서야 자리를 떴다. 식당 미닫이문이 열리며 왁자하게 떠드는 소리가 나자마자 동철은 벌떡 일어나 골목 밖으로 나갔다. 큰길가에 서서 저 멀리 왼쪽을 바라보며 택시를 기다리는 척했다.

곧 나타난 장 선생 무리는 서로 팔짱을 끼거나 어깨동무를 한 모습이었다. 모두 술에 취해 목소리가 높았다.

"하하하! 그러니까 다짜고짜 자네를 덥석 끌어안더란 말이지?"

"그랬다니까요. 여보세요, 사람을 착각하셨어요. 그랬는데도 안 놔주더라고요."

"그 친구, 꽤나 외로웠던 모양이네."

"아무리 외로워도 그렇지, 아무나 잡고 그러면 쓰나요?"

그들은 다시 한바탕 웃고 떠들었다. 곧이어 손을 들어 시원스럽게 척척 악수를 주고받았다.

"자, 그럼 모두 조심해 잘 갑시다."

"예, 선생님. 조심해 들어가십시오. 다음 주에 뵙겠습니다."

셋은 버스 정류장 쪽으로 갔다. 하나는 택시를 잡아탔고, 나머지 둘은 원주역 쪽으로 멀어져 갔다. 큰길을 건너는 이는 장 선생 하나뿐이었다.

비가 그친 지 꽤 되었지만 거리를 오가는 사람이 드물었다. 모두 옷깃을 손으로 꼭 잡고 고개를 숙인 채 종종걸음 쳤다. 상점 셋 가운데 둘은 어느새 불이 꺼졌다. 줄기차게 부는 바람 소리가 귓가를 울렸고, 이따금 허공에서 전깃줄이 윙윙거리며 우는 소리가 들렸다.

자전거 한 대가 따르릉거리며 찻길을 따라 달려갔다. 짐칸에 상자를 아슬아슬한 높이로 겹겹이 쌓아 올렸다. 상자 속에서 빈 우유병들이 덜컹거렸다. 자전거를 탄 사내는 앞을 막는 사람이 아무도 없는데도 소리쳤다.

"자, 갑니다, 가요. 다칩니다, 비키세요!"

맞은쪽에서 붕 하고 버스가 달려와 서늘하면서 드센 바람을 일으키며 지나갔다. 하루 일을 마치고 집으로 돌아가는 이들이 버스 안에 가득했다. 하나같이 얼굴 가득 피로가 묻어 있었다. 유리창에 옆머리를 대고 잠든 사람도 보였다.

장 선생은 잠바 목깃을 여미며 중얼거렸다.

"날이 많이 서늘해졌네. 하긴 구월 하순이니까 그럴 때가 되었지?"

앞쪽에서 갑자기 세차게 바람이 불어왔다. 장 선생은 막 오른발을 앞으로 들었으나 내딛지 못하고 휘청거렸다. 겨우 똑바로 선 뒤에 다시 자세를 가다듬고 몇 걸음 나아갔다. 무언가에 발끝이 걸리며 또 크게 휘청거렸다.

"허허, 꼭 걸음마하는 아기 같네!"

장 선생은 콧노래를 흥얼거리며 찻길 하나를 건넜다. 다시 바람이 휙휙 불더니 플라타너스 나뭇가지가 부러져 발치에 뚝 떨어졌다. 나뭇가지에 발이 걸린 장 선생은 이번엔 호되게 엎어질 뻔했다. 겨우 몸을 바로 세우고 나무 위를 올려다보며 웃었다.

"아무리 반가워도 그렇지, 이렇게 깜짝 놀라게 하면 어떡하니?"

망가진 우산 하나가 바닥을 드르륵 긁으며 장 선생에게 다가왔다. 장 선생은 옆 건물에 붙어 서서 우산이 지나가기를 기다렸다.

"잘 가라. 길 잃지 말고 조심조심."

우산은 저만치에서 전봇대와 만났다. 활짝 펼쳐져 전봇대를 껴안고 파다닥 소리를 내며 떨었다. 장 선생은 또 빙긋 웃으며 다시 한 발 한 발 느리게 걸어 나갔다.

동철은 스무 발짝쯤 떨어져 장 선생을 뒤쫓았다. 행인이 드물어 발소리가 날 수도 있어 더는 가까이 다가가기 어려웠다.

'자, 이제 다 됐어. 조금만 더 힘내자.'

동철은 어금니를 악물었다. 어금니뿐 아니라 모든 잇몸과 턱뼈가 아릿아릿했다.

'어디 사는지 알아 놓을 걸 잘못했어. 집이 가까이 있을 수도 있잖아. 갑자기 집으로 쏙 들어가면 어떡하지?'

점점 숨이 거칠어진 동철은 오른손을 잠바 안쪽으로 넣었다. 언제든지 칼을 꺼낼 수 있도록 안주머니 위쪽에 손가락 두 개를 걸었다.

장 선생은 큰길을 두 개 더 건넜다. 동철도 같은 길을 건넜다. 얼마만큼 오른쪽으로 나아가니 오거리가 나왔다. 이곳에서 장 선생은 다시 길을 건너 쌍다리로 들어섰다. 원주천을 가로지른 다리의 인도를 흐느적흐느적 걸어갔다. 가끔 자동차가 붕 하고 나타났다. 치지직 소리를 내며 다리 위에 고인 물을 아무렇게나 튀겨 날리고 지나갔다.

다리를 다 건넌 장 선생은 오른쪽 둑방길로 들어섰다. 동철이 숨을 깊이 들이쉬고 주머니 속에 손을 넣어 칼을 잡았다.

'바로 이때다, 어서 해치우자!'

쌍다리 끝에 이르러 칼을 막 꺼내려 할 때였다. 뒤쪽에서 탁탁

탁 달려오는 구둣발 소리가 났다. 누군가 목청껏 외쳤다.

"선생님! 선생님!"

사내 하나가 바람을 일으키며 동철을 휙 지나쳤다. 사내는 오른쪽으로 몸을 틀고 둑방길로 접어들어 장 선생에게 달려갔다.

장 선생이 걸음을 멈추고 돌아섰다.

"누구야? 영수구나. 왜 따라왔어?"

박영수가 숨을 몰아쉬며 말했다.

"밤길에 선생님, 혼자 가시게 해서요, 마음이, 좋지 않아서, 뒤늦게, 부랴부랴 달려왔지요. 댁까지, 모셔다, 드릴게요."

"이 사람 보게나. 호젓하게 밤길을 걷는 게 얼마나 좋은데 그래? 지금 자네, 내 산책을 훼방 놓고 있는 걸세!"

장 선생이 하하하 웃었고, 영수도 따라 웃었다. 장 선생은 손을 척 들어 영수의 어깨에 둘렀다. 한때 선생과 제자 사이였던 두 사람은 또래 친구처럼 무척 다정해 보였다. 서로 어깨동무하고 두런두런 이야기를 나누며 멀어져 갔다. 이따금 웃음소리가 허공으로 높이 올라가 멀리 퍼져 나갔다.

우뚝 멈추어 선 동철은 허리를 구부렸다.

"으윽."

곧 터질 듯이 아픈 가슴을 쥐어뜯으며 신음소리를 냈다. 두 주먹을 꽉 쥐었다가 풀고 난간 위에 손을 올려놓았다. 마치 팔굽혀 펴기를 하는 듯한 자세였다. 앞으로 윗몸이 쏠린 동철은 하마터면 난간을 넘어 다리 아래로 떨어질 뻔했다. 가까스로 균형을 잡고 똑바로 섰다. 아내 목소리가 귓가를 울렸다.

'여보, 거기서 뭐 해요? 어서 집에 돌아오지 않고선.'

아들 목소리도 들려왔다.

'아부지, 배고파요. 빨리 와요.'

저만치 물이 불어난 원주천이 불빛에 반짝거렸다. 얼음처럼 차가운 느낌을 주는 푸른색이었다. 저녁 내내 비를 맞아 온몸이 젖은 동철은 오들오들 떨며 헛구역질을 했다.

컴컴한 다리 아래쪽 풀숲에서 무언가 바스락거리며 지나갔다. 껑충 뛰어오르며 모습을 드러낸 녀석은 고라니였다. 산에서 너무 먼 곳까지 내려와 길을 잃었다. 고라니는 저만치 달려가 어둠 속으로 사라졌다가 곧 되돌아왔다. 고개를 젖히고 슬프게 울더니 다시 풀숲으로 들어갔다. 한참 바스락거리던 소리가 잠잠해졌다.

동철은 자신도 오래도록 길을 잃고 떠도는 짐승처럼 여겨졌다. 어려서부터 한곳에 오래 머물지 못했다. 겨우 새로운 가족을 만들어 함께 들어간 집에서도 얼마나 더 살 수 있을지 알 수 없었다. 오한이 일어 덜덜덜 떨면서, 한참 참았던 숨을 길게 내쉬며 중얼거렸다.

"큰일 났네. 정말 큰일 났어."

8장

마지막 순간

33

비가 많이 내린 다음날, 하늘에는 아직 구름이 짙게 드리워져 있었다. 간밤부터 기온이 뚝 떨어졌으며 쉬지 않고 바람이 불었다. 어디로 눈길을 주든지 바람에 떨어져 바닥을 구르는 나뭇잎이 보였다. 건물 벽과 기둥과 전봇대에도 젖은 나뭇잎이 전단지처럼 붙어 있었다.

"어제와 날씨가 영 다른걸."

"설마 벌써 겨울이 오는 건 아니겠지?"

거리를 오가는 이들의 옷이 눈에 뜨이게 두툼해졌다. 느리게 걷는 사람은 아무도 없었다. 모두 한껏 온몸을 움츠리고 종종걸음으로 나아갔다. 자동차 달리는 소리와 경적 울리는 소리가 들릴 뿐, 사람 목소리는 거의 나지 않았다.

오후로 접어들며 구름이 많이 걷히고 햇살이 비쳤다. 온 세상이 엊저녁부터 이어진 어둠을 헤치고 눈부시게 빛났다. 원주역 앞 단풍나무 공원으로 다시 몰려드는 사람들의 얼굴도 덩달아 밝아 보였다.

오늘도 그곳에서 서른 명 남짓한 청중과 장 선생이 만났다. 모두 반갑게 인사를 나누었다.

"또 오셨네요?"

"예, 왔지요."

"간밤에 비바람이 심하던데, 별일 없으셨나요?"

"지붕 슬레이트 한 쪽이 날아갔는데요, 그만하기가 다행이에요."

장 선생은 여느 날처럼 청중에게 이야기를 들려주기에 앞서 개인 상담을 했다. 여러 사람이 줄지어 서서 차례를 기다렸다가 장 선생과 대화를 나누었다. 한 시간쯤 지난 뒤에야 장 선생은 물을 마시며 잠깐 쉬었다.

목청을 가다듬으며 일어난 장 선생이 청중을 바라보았다. 누군가 웅성거리는 청중을 돌아보았다.

"자, 자, 모두 조용히 합시다."

앞쪽의 청중 열댓 명은 바닥에 앉았다. 그 뒤로 그만한 사람들이 빙 둘러섰다. 맨 뒤쪽에서 고개를 숙이고 엉거주춤하게 선 사내가 둘 있었다. 하나는 잠바 안쪽 주머니, 또 하나는 손에 든 검은색 봉지 속에 흉기를 갖고 있었다.

앙증맞으나 무척 잘 드는 칼을 지닌 사내는 이동철, 칼처럼 날카로운 손도끼를 지닌 사람은 강진만이었다. 둘 다 어금니를 앙다물어 턱뼈가 불거진 모습에 눈빛이 무척 사나웠다. 흉기가 없더라도 눈빛만으로 사람을 죽일 수 있을 듯했다.

두 사람이 저마다 선 곳은 장 선생과 청중이 만든 반원의 이쪽과 저쪽 반대편이었다. 이들은 장 선생이 그곳에서 여러 날 이야기보따리를 푸는 동안, 한 번도 청중에 섞이지 않았다. 오늘 처음으로 장 선생의 얼굴을 코앞에서 자세히 보았고, 그의 목소리와 이야기를 또렷이 들을 수 있었다.

이동철은 얼핏 어디선가 장 선생을 본 느낌이 들었다. 목소리도 귀에 익었다. 스무 해 전 춘천 교도소 운동장에서 잠깐 나란히 앉아 대화를 나눈 일은 떠올리지 못했다. 고개를 갸웃거리다가 끄덕이며 속으로 중얼거렸다.

'목소리는 참 좋네.'

강진만은 아주 작게 혼잣말을 중얼거렸다.

"눈이며 코도 그렇고, 귀도 그렇고, 뭐가 저리 커? 생긴 거 하고는."

장 선생이 춤추듯이 두 손을 들어 흔들며 청중을 둘러보았다. 손가락 하나를 세워 허공을 찌르며 말했다.

"우리가 길을 걷다가 바닥을 보면요, 마구 짓밟혀 납작해진 이름 모를 풀들이 있잖아요. 그런 풀이 더 나은가요, 아니면 사람이 더 나은가요?"

그걸 말이라고 하느냐는 듯이 누군가 큰소리로 대꾸했다.

"당연히 사람이 더 낫지요."

"확실해요? 풀보다 사람이 나아요?"

"그럼요, 낫다마다요."

구름 사이로 들어갔던 해가 나왔다. 햇살이 장 선생의 손등을 밝게 비추었다.

"저기 저 하늘을 올려다봅시다. 햇빛이 없으면 아무도 살 수 없지요? 한울님은 날마다 이 땅에 햇빛을 내려 주세요. 그래서 풀도 볕을 쬐고, 사람도 쬐게 해 주세요. 한울님이라는 말이 어려우면 해님이라고 해도 돼요. 해님은 풀한테는 햇빛을 덜 주시고, 사람한테는 더 주시고, 그러시나요?"

"아니요, 똑같이 주시지요."

"시원하게 대답하시니 좋습니다. 그렇지요, 똑같이 내려주시지요. 왜 그럴까요?"

아무도 입을 열지 않았다. 장 선생 스스로 자기 물음에 답했다.

"풀이나 사람이나 똑같이 귀하기 때문이지요. 누가 더 귀하고 누가 덜 귀하고, 그런 게 없다는 얘기에요. 둘의 가치가 똑같다는 말입니다. 그러니까 길바닥에 아무렇게나 자라는 풀이라고 해서, 얕보고 업신여기고 마구 밟아서는 안 되겠습니다. 어때요, 제 말이 맞습니까?"

청중이 약속한 듯이 한꺼번에 고개를 끄덕였다.

"예, 옳은 말씀이에요."

다시 손을 든 장 선생은 청중 오른쪽을 가리켰다.

"저기 뒤쪽에 서 계신 분, 제가 하나 물어봅시다. 개하고 사람하고 누가 더 나은가요?"

장 선생이 가리킨 사람은 바로 강진만이었다. 진만은 신문을 들어 얼굴을 거의 가린 모습이었다. 신문 위로 매서운 눈을 내보이며 시큰둥하게 대꾸했다.

"잘 모르겠습니다."

장 선생은 눈길을 돌려 다른 사람을 가리켰다.

"저기 노란 양산 쓰신 분, 같은 질문입니다. 개하고 사람 가운데 누가 더 낫다고 보시나요?"

노란 양산은 줄로 묶은 강아지를 곁에 데리고 있었다. 강아지를 번쩍 들어 머리를 쓰다듬으며 대꾸했다.

"둘 다 똑같지요. 누가 더 낫고 모자라고가 없어요."

장 선생이 눈을 크게 떴다.

"참 멋지세요. 금방 깨달은 걸 온전하게 자기 안에 품으셨어요."

모든 청중이 강아지를 품에 안은 노란 양산을 돌아보고 하하하 웃었다.

“사람도 마찬가지에요. 대통령이건 장관이건 국회의원이건, 회사 사장이건 직원이건 일당을 받고 일하는 심부름꾼이건, 농부건 구두닦이건 소매치기건 똑같아요. 햇빛과 바람과 공기를 고루 쐬고 맞고 마시는 이 세상 모든 사람은 서로 똑같다 이거예요. 누가 더 낫고 누가 뒤떨어지고, 그런 게 없단 말입니다.”

이야기를 듣는 이동철과 강진만의 표정은 전혀 달랐다. 동철은 눈빛을 반짝이며 귀를 쫑긋 세운 모습이었다. 세상에 이렇게 이야기를 쉽고 재미나게 하는 사람은 처음 보았다. 계속 힘을 주었던 어깨를 부드럽게 풀었고, 땀이 밴 손바닥을 바지에 대고 문질렀다.

그러나 진만은 잔뜩 찌푸린 낯에 줄곧 눈 밑을 실룩거렸다. 그가 이렇게 감정을 겉으로 드러내기는 드문 일이었다. 세상에 이처럼 얼토당토않은 말을 입에 침도 안 바르고 하는 사람은 처음 보았다. 진만이 화를 꾹 참고 속으로 외쳤다.

‘이봐, 말도 안 되는 얘기 그만하고 입 닥치란 말이야!’

장 선생이 청중을 하나씩 둘러보며 두 손바닥을 내보였다.

“돈 많고 권세 누리며 산다고 해서 으스대거나 뻐기거나 하지 말라는 얘기예요. 언제 어디서 어느 부모 밑에서 태어나건, 모든 인간은 평등하니까요. 일등이라고 해서 하나도 잘난 거 없어요. 꼴등이 있어야 일등이 있는 거 아니겠어요? 일등한 사람은 꼴등한 사람을 볼 적마다 큰절을 올리며, 고맙습니다 하고 말해야 옳지 않겠습니까?”

모두가 다시 하하하 웃으며 박수를 쳤다.

“여기 농사짓는 분 있으면 손들어 보세요. 다섯 분, 여섯 분, 많이 계시네요. 농부들한테도 물어봅시다. 저기 밀짚모자 쓰신 분,

농사지을 때 농약 치시나요?"

"예, 칩니다."

"풀 죽이는 제초제, 벌레 죽이는 살충제 치지요?"

"예, 그렇습니다."

"제가 좀 전에 얘기했습니다. 사람이건 풀이건 벌레건, 모든 생명체는 등가, 즉 가치가 같고 평등하다고 말이지요. 그런 이치에서 보자면 사람이 다른 생명체를 해치는 거, 독약을 뿌려 죽이는 거는 한울님한테 벌 받을 일이에요. 하늘이 내리는 벌이니까 천벌을 받을 일이란 말입니다."

뒤쪽에 앉은 사내 하나가 손을 들고 물었다.

"그럼 제초제 안 치고 살충제 안 뿌리고 농사짓는 방법이 있습니까?"

"있지요. 우리 조상님들이 그렇게 농사지어 줄곧 자손을 먹여 살리셨어요. 땅을 건강하고 튼튼하게 돌보면, 농작물에 한층 영양가가 많아져 그걸 먹는 사람에게 좋아요. 좀 덜 먹어도 더욱 건강하게 살 수 있다는 얘깁니다. 건강하게 살면 좋지 않나요?"

앞쪽에 앉은 노인이 엄지를 세웠다.

"좋지요, 좋다마다요. 요즘처럼 온몸이 아플 때는 건강이 최고라는 생각밖에 안 듭디다."

"예, 옳은 말씀이에요. 다시 말하면, 건강한 땅이 건강한 사람을 만듭니다. 농약 쳐서 농사짓는 분들, 나중에 길에서 저를 보면 꼭 아는 척하세요. 다른 생명체를 죽이는 방법을 쓰지 않고도 농사짓고, 괜찮은 값에 농산물을 파는 농부들한테 데려다드릴게요. 그 농부들하고 함께 농사지을 수 있게 해 드리지요."

농부 하나가 씩씩하게 대답했다.

"예, 꼭 그렇게 하겠습니다."

"자, 마지막으로 하나 더 물어봅시다. 저기 진달래 꽃무늬 잠바 입으신 분, 과일 사러 장에 갔을 때 말입니다. 벌레먹은 사과하고 멀쩡한 사과가 있다면 어느 사과를 사시겠어요?"

진달래 잠바가 이렇게 쉬운 질문도 있나 하는 얼굴로 대꾸했다.

"당연히 멀쩡한 사과를 사지요."

"다시 묻겠습니다. 벌레먹은 사과는 농약을 안 친 사과이고요, 멀쩡한 사과는 농약을 많이 친 사과입니다. 어느 사과가 우리 몸에 좋을까요?"

"아, 그런가요? 바꿀게요. 벌레먹은 사과가 몸에 좋다니까 그걸 살게요."

모든 청중이 다시 웃음을 터뜨렸다.

"여자분들이 이렇게 지혜롭고, 좋은 지식을 빨리 받아들입니다. 남자들은 여자들한테서 많이 배워야 해요."

사내 하나가 볼멘소리를 냈다.

"에이, 그런 게 어디 있어요. 무슨 일이든지 남자가 낫지요."

"그래요? 밥할 줄 아세요? 혼자 지내실 때 밥해서 드세요? 아니면 아내가 돌아올 때까지 굶으시나요?"

"솔직히 밥은 못합니다."

여럿이 쿡쿡 웃었다.

"앞서 말씀드린 적이 있습니다. 밥 한 그릇에 우주가 들어 있다고요. 우리가 밥을 안 먹으면 죽어요. 이런 밥을 해 주시는 분이 댁에 계세요. 밥을 할 줄 아는 것이 다른 것 백 개를 잘하는 것보다 낫다, 이런 이치를 아셔야 해요."

볼멘소리가 개미소리로 바뀌었다.

"그건 그러네요. 미안합니다."

모두 또다시 하하하 웃다가 조용해지자, 장 선생이 계속 말했다.

"요즘 시장에 가면 벌레먹은 사과를 보기 힘들어요. 찾는 사람이 없거든요. 온통 농약을 쳐서 반들반들하게 키운 사과뿐이에요. 벌레도 안 먹는 사과를 우리가 먹는다, 이 말입니다. 벌레도 안 먹는 사과가 가장 좋은 사과인 줄 알고서 말이지요."

물을 한 모금 마시고 말을 이었다.

"여기 절에 다니는 분들 있지요? 우리가 부처님을 부를 때, 앞에 가장 많이 붙이는 말이 뭐지요?"

"'자비로우신'이요."

"예, 그렇지요. 자비로우신 부처님이라고 말하지요. 저기 뒷줄에 앉으신 분, 자비는 무엇을 뜻할까요?"

검은색 중절모를 쓴 사내가 턱을 긁었다.

"저도 그게 정말 궁금합니다. 저는 기독교를 믿는데, 아내는 절에 다니거든요. 날마다 자비로우신 부처님이 어떻다는 둥 귀가 따갑게 얘기해요."

"자비의 '자'는 남을 기쁘게 하는 걸 뜻합니다. '비'는 남의 고통을 함께하고 괴로움을 없애 주는 것이에요. 그런 점에서 부처님은 기독교의 예수님과 다르지 않아요."

검은색 중절모가 눈을 동그랗게 떴다.

"정말이요? 뭐가 같다는 말씀이지요?"

"기독교인들은 '우리를 사랑하시는 예수님', '사랑의 예수님', 그렇게 부르잖아요. 이들이 말하는 사랑이 곧 자비입니다. 길을 가다가 탁 넘어져 아파하는 사람을 보면요, 얼른 다가가 일으켜 주고 달래 주는 것이 바로 자비이며 사랑이라는 말입니다. 웃으며 놀리고 손가락질하고, 그러면 안 되겠다 이 얘깁니다."

검은색 중절모가 고개를 끄덕였다.

"아하, 그렇군요. 옳은 말씀이세요."

"다시 아까 하던 얘기로 돌아가면요, 땅을 살리고 땅을 즐겁게 해 주는 길이 곧 땅을 사랑하는 길이라는 겁니다. 그 땅에서 나는 좋은 농작물을 먹게 하는 길이 곧 사람을 사랑하는 길이에요. 우리 모두 내 가족만 생각하고, 주판알 퉁기고 계산기 두드리며 셈하는 데만 마음을 두지 말고요, 땅에서 사는 모든 식물과 모든 인간, 모든 생명체를 두루 참되게 사랑하는 일에 힘쓰며 살아야겠습니다."

장 선생이 하늘과 청중을 휘 둘러보며 이야기를 마쳤다.

"어느새 날이 저물어 가네요. 어제 늦게 들어가 우리 집 마나님께 걱정을 많이 끼쳤어요. 오늘은 좀 일찍 들어가야겠습니다. 두서없는 이야기를 들어 주셔서 고맙습니다."

꾸벅 고개 숙여 인사하는 장 선생에게 청중이 외쳤다.

"고맙습니다. 잘 살펴 가세요!"

34

장 선생의 이야기를 듣는 내내 강진만은 치를 떨었다.

'듣던 대로 보통 정신 나간 놈이 아니네!'

눈빛과 표정이 더없이 매섭고 사나워졌다. 장 선생에게 와락 달려들어 멱살을 잡아채 바닥에 메다꽂고 싶었다.

'모든 인간이 평등하다고? 인간과 벌레와 개가 똑같이 귀하다고? 모두가 자유롭게 경쟁하는 자본주의 체제를 부정하다니! 게을러터지고 지지리 못난 이 사회의 기생충 같은 자들을 감싸다니! 북한 괴뢰들이 주장하는 것과 조금도 다르지 않잖아! 세상에 빨갱

이도 저런 빨갱이는 처음 보았네!'

강진만은 원주역을 떠나는 장 선생을 뒤쫓으며 어둡고 붉은 얼굴로 이를 부드득 갈았다. 엊저녁에 진만은 예전처럼 형제집에 갔다. 그러나 장 선생 일당은 나타나지 않았다. 주인 여자한테서 그들이 갑자기 장소를 옮겼음을 알았고, 허탕을 친 진만은 지금껏 머리끝까지 화가 나 있었다.

강진만이 중앙시장 건너편에 이르렀을 때였다.

"사장님."

사내 하나가 갑자기 앞에 나타났다. 퇴근하던 김문일 부장이었다.

"아직 일하십니까? 도와드릴까요?"

"아닐세. 지금 내가 급하니까 내일 얘기하자고."

강진만은 거칠게 문일의 어깨를 잡아 옆으로 밀어내고 서둘러 길을 걸어갔다. 문일이 진만의 등에 대고 외쳤다.

"소설, 아니, 보고서 하나 또 만들어 책상 위에 놓았습니다. 한 번 읽어 보시고 애독자들한테 보내 주세요!"

떠돌이가 소주병을 들고 비틀대며 걸어오다가 발이 꼬이면서 휘청거렸다. 강진만의 앞길을 막아선 떠돌이는 윗몸을 뒤로 젖혔다.

"어이쿠, 미안."

"이 자식이 정말!"

진만은 앞발을 높이 들어 힘껏 떠돌이를 걷어찼다.

"정말 미안."

떠돌이는 말을 못 마치고 허공을 붕 날아갔다. 그대로 과일 가게 진열대 위에 떨어졌다. 진열대가 우지끈 부서지며 빨간 사과들이 바닥으로 떨어져 떼굴떼굴 굴렀다.

큰길을 건넌 장 선생은 쌍다리로 올라서려다 휙 방향을 틀었다. 곧바로 둑 아래 비탈로 내려갔다.

'뭐야? 왜 갑자기 길을 바꾸지? 내가 미행하는 걸 알아챘나?'

당황한 진만은 잠깐 머뭇댔다. 뒤늦게 빨간 신호등이 켜 있는 횡단보도를 건넜다. 두 팔을 내저으며 자동차 사이를 위태롭게 달렸다.

이미 어둑해진 왼쪽 하늘에는 유난히 아름다운 노을빛이 남아 있었다. 어디선가 쿵쿵 소리가 요란하게 들려왔다. 포클레인과 굴착기로 낡은 건물을 부수고 길을 새로 내며 땅을 뒤집는 소리였다. 개천 앞쪽에서 아이들이 웃고 떠들었다. 아이들은 서로 달리기를 겨루며 풀숲 샛길을 달려갔다. 아이들의 웃음소리는 공사장에서 날아오는 소음에 묻혔다.

장 선생은 나무를 엮어 만든 섶다리로 다가갔다. 스무 발짝 떨어져 뒤를 밟던 강진만은 더욱 걸음을 서둘렀다. 도끼가 담긴 비닐봉지를 왼손으로 바꿔 들었다.

'너는 이미 죽은 목숨이나 다름없다. 곧 황천길로 보내주마!'

장 선생을 좇아 그곳까지 간 사람은 강진만 하나만이 아니었다. 강진만의 뒤쪽으로 열댓 발짝 떨어져 걷는 사내는 이동철이었다. 동철은 자기와 장 선생 사이에 끼어든 낯선 사내를 보고 멈칫했다.

'아니, 저자가 누구지? 언제 나타난 거야?'

동철은 아까 원주역 작은 공원에서 장 선생의 이야기를 듣는 내내 가슴이 뭉클했다. 나중에는 눈시울이 시큰해져 앞이 잘 보이지 않았다. 특히 한 대목은 지금껏 줄곧 머릿속을 울렸다.

대통령이건 장관이건 국회의원이건, 농부건 구두닦이건 소매치기건 똑같아요. 햇빛과 바람과 공기를 고루 쐬고 맞고 마시는 이 세상 모든 사람은 서로 똑같다 이거예요. 누가 더 낫고 누가 뒤떨어지고, 그런 게 없단 말입니다.

동철은 늘 자기를 맨 밑바닥 인생으로 여기며 살아왔다. 어려서부터 모든 사람들이 그를 벌레 대하듯이 피하거나 비웃고 깔보았다. 열 번 넘게 다른 사람이 뱉은 침에 얼굴을 맞았고, 발에 채여 나가떨어지기 일쑤였다. 눈이 튀어나오게 뒤통수를 얻어맞은 건 일일이 세기 힘들었다. 장 선생은 처음으로 그를 인간으로 대접해 준 사람이었다.

'내가 저런 분을 해치려 했잖아. 미쳐도 단단히 미쳤어.'

오늘 동철이 장 선생의 뒤를 밟는 까닭은 어제와 전혀 달랐다. 간밤에는 장 선생을 칼로 찌르려 했다. 그래서 장 선생이 다시는 원주역에 나타나 자기 일을 훼방 놓아서, 자신과 가족의 목숨을 위협하는 일을 막으려 했다.

그러나 지금 동철은 장 선생이 어디 사는지 알고 싶은 마음뿐이었다. 생각 같아서는 냅다 달려가 장 선생을 불러 세우고 싶었다. 장 선생과 마주선 순간을 머릿속에 그려 보았다.

'선생님, 잠깐만요.'

'아, 예. 무슨 일이신가요?'

'아까 원주역에서 뵈었습니다. 제 얘기를 들려드리고 싶어요.'

'그래, 들어 봅시다. 천천히 얘기해 보세요.'

동철의 상상 속에서 두 사람은 개울로 두 발을 내리고 섶다리에 나란히 앉는다. 동철은 계속 말하고 장 선생은 잠자코 듣는다. 울컥해진 동철이 더는 말을 못 잇자, 장 선생은 동철의 어깨에 손을 올려놓는다. 말없이 부드럽고 따뜻하게 어깨를 쓰다듬는다.

눈을 바로 뜬 동철은 다시 정면을 바라보았다. 어느새 장 선생은 많이 낡아 삐꺽거리는 섶다리 중간쯤에 이르렀다. 장 선생 뒤에서 걷던 사내는 막 섶다리에 올라섰다.

바로 그때였다. 동철은 두 눈을 크게 떴다. 자기와 장 선생 사이에 끼어든 사내는 그저 우연히 가는 길이 같은 사람인 줄 알았다. 동철은 그 사내가 비닐봉지에서 무언가 꺼내 드는 걸 보았다. 그것은 노을빛을 받아 번득이는 도끼였다.

'윽!'

동철은 마치 자기가 도끼날에 찍힌 듯이 속으로 비명을 질렀다. 재빨리 잠바 안주머니에 손을 넣었다. 그곳에 칼이 없었다. 아까 원주역을 떠나는 장 선생을 뒤쫓기 시작할 때, 어느 가게 앞에 있는 쓰레기통에 던져 버렸다.

동철은 허리를 숙여 바닥을 살폈다. 주먹보다 곱절로 큰 돌이 보였다. 돌을 집어 들고 섶다리로 올라 힘껏 달리기 시작했다.

어스름 노을빛에 붉게 물든 개천, 공사장에서 들려오는 쿵쾅쿵쾅 소리, 섶다리를 거의 다 건너가는 장 선생, 도끼를 들고 장 선생에게 잰걸음으로 다가가는 사내, 그리고 그 사내를 쫓아 달리는 또 다른 사내가 만드는 풍경은 참으로 희한했다. 만일 이 장면을 지켜본 이가 있다면 곧 심장이 터질지도 몰랐다.

동철은 이제 돌을 머리 위로 높이 들고 달렸다. 도끼를 앞에 들고 대여섯 발짝밖에 떨어지지 않은 장 선생을 겨누며 성큼성큼 걷는 사내에게 와락 달려들었다. 앞으로 온몸을 날리며 사내의 뒤통수를 돌로 내리쳤다.

"악!"

사내가 내지른 비명은 더욱 요란하게 쿵쾅대는 공사장 소리에 묻혔다. 사내는 허리가 꺾이며 고꾸라졌다. 온몸이 옆으로 빙그르 돌더니 개천에 툭 떨어졌다. 물보라가 노을빛을 헤치며 튀어 올랐다.

동철은 참았던 숨을 몰아쉬며 섶다리를 마저 건넜다. 저만큼 오른쪽으로 몸을 틀어 풀숲 사잇길을 가는 장 선생의 뒷모습을 바라보았다. 장 선생을 향해 이마가 땅에 닿도록 허리를 굽혀 절했다.

"선생님, 안녕히 가세요."

동철은 곧 왼쪽으로 돌아서서 어둠 속으로 빠르게 사라져 갔다.

9장

장 선생

35

장 선생은 서울에서 학교에 다닐 때와 감옥에서 지낼 때를 빼고는 고향 원주를 떠난 적이 없었다. 누구에게나 그러하듯이 장 선생에게 고향은 어머니 품처럼 한없이 따뜻하고 편안한 곳이었다. '원주'라는 말만 들어도 화롯불을 바라보듯 온몸 온 마음이 훈훈해졌다.

두 팔을 벌리고 원주를 감싸 안은 치악산은 어머니를 빼닮았다. 봄에서 가을까지 태풍과 큰비를 막아 주었고, 겨울에는 찬바람을 막아 주었다. 그래서 장 선생은 언제던가 어머니 '모'자를 써서 치악산을 모악산으로 바꾸어 글씨를 썼다.

오늘 문득 장 선생은 어머니가 무척이나 보고 싶어졌다. 어머니는 몸이 매우 약했지만 아주 슬기로운 분이었다. 장 선생이 밖에 나가 돈 한 푼 벌어오지 않아도 늘 따뜻한 밥상을 차려 주며 잘되기를 빌었다. 그저 영악스럽게 살지 말라고, 영악스럽게 굴면 반드시 화를 입는다는 말씀만 하셨다.

어머니는 아들이 감옥에 들어간 뒤로 잠자리에 요를 깔지 않았다. 아들이 차가운 감옥에서 지내는데 어떻게 따뜻하게 잘 수 있겠냐며 날마다 맨바닥에 누웠다. 어머니는 아들이 감옥에 있던 중에 갑자기 돌아가셨다.

장 선생은 뒤늦게 그 사실을 알고 통곡했다. 겨우 마음을 추스르고 편지 한 통을 써서 어머니 영전에 바쳤다.

어머니, 전혀 모르고 있다가 누님이 면회를 와서 알려 주어 알았습니다. 어머니께서 천당에 가셨다는 소식이 믿어지지 않습니다. 어찌 그리 가십니까!

우리 남매는 면회장에서 한참 울었습니다. 어머니 살아 계실 때 제가 걱정 끼친 일을 생각하면 이루 말할 수 없이 슬플 따름입니다. 돌아가시기 보름 전에 저에게 보내 주신 간곡한 글월을 읽고는 눈물집니다.

어머니께서 돌아가신 소식을 듣고, 그때부터 저의 가슴에는 그늘이 졌습니다. 늘 잘 지내시겠거니 하고 생각할 적에는 한없이 마음이 든든하고 무엇 하나 걱정이 없더니, 정녕 돌아가셨다는 말을 듣고 막막해졌습니다. 옛 말씀에 '나무는 가만히 있고자 하나 바람이 그치지 아니하고, 자식이 부모를 모시려고 하나 부모는 떠나고 안 계신다'고 하더니, 살아 계실 적에 공경 못한 제가 바로 설 땅을 잃었으니 이 한을 어찌합니까?

그래도 어머니는 불효한 저를 웃음으로 받아 주실 줄 압니다. 평화롭게 쉬시옵소서. 불효자 올림.

장 선생이 소매치기를 찾아 원주역에 나가기 시작한 지 어느덧 일주일이 지났다. 처음부터 그 자를 찾을 수 있으리라고는 확신

하지 못했다. 소매치기 세계를 잘 몰랐고, 소매치기를 당해 본 적이 없기 때문이었다.

장 선생은 밤마다 잠자리에 들며 다짐했다.

'신협과 서예실에 할 일이 많이 밀려 있지 않나. 내일은 원주역에 가지 말아야겠어.'

그러나 아침에 눈뜨기 무섭게 두 사람의 얼굴이 머릿속에 어른거렸다. 김정옥이라는 아낙네와 그이의 딸이었다. 앞서 엄마가 하는 쌀가게에서 몇 번 그 아이를 보았다. 마음씀씀이가 참 넉넉한 아이였다. 자기 일에 쫓기면서도 짬날 때마다 엄마한테 가서 일을 도왔다. 이 아이는 자기 얘기는 전혀 하지 않았고 늘 가족을 걱정했다.

"아버지가 조금만 더 건강이 좋아지셨으면 좋겠어요. 요즘 엄마가 어깨가 많이 아프신데, 언제 온천에 모셔다 드려야겠어요. 동생들이 저마다 앞가림을 잘하면 더는 바랄 게 없겠어요."

오늘 아침 장 선생은 눈을 뜬 뒤에 꽤 오래 잠자코 누워 있었다. 요 며칠 술을 많이 마셔 몸이 안 좋았다. 간밤 꿈자리가 뒤숭숭했던 탓도 있었다. 어둑한 길에서 낯선 이들에게 쫓기는 꿈을 두 번에 나누어 꾸었다. 종종걸음으로 달아나다 뒤돌아보니 그들 손에서 흉기가 달빛에 번득거렸다.

꿈속에서 장 선생은 덜컥 겁이 났다. 잠에서 깨어난 뒤에도 한참 가슴이 두근거렸다.

'나도 이제 늙었구나.'

그런 생각에 웃음이 나왔다. 하긴 젊었을 때도 겁이 없지는 않았다. 그러나 이 정도까지는 아니었다.

그 시절에는 장 선생이 밖에 나다닐 때마다 누군가 몰래 뒤쫓았다. 경찰서 정보과 형사들이나 기무사와 안기부에서 나온 이들이었다. 가끔 가다가 일반 시민들이 뒤쫓아 오기도 했다. 그때는 장 선생을 빨갱이라고 여기는 사람들, 죽이고 싶도록 그를 미워하고 싫어하는 사람들이 셀 수 없이 많았다.

장 선생은 곧잘 거리에서 봉변을 당했다. 한번은 느닷없이 달려드는 사람한테 뺨을 얻어맞았다. 그자가 장 선생의 얼굴에 침을 탁 뱉고 외쳤다.

"빨갱이가 왜 여기서 얼쩡거려? 어서 북쪽으로 가란 말이야!"

또 한 번은 칼을 든 이와 맞닥뜨렸다. 그자는 장 선생의 앞에 바짝 다가서더니 멈칫거렸다. 그 순간 장 선생은 뜻밖에 전혀 겁이 일지 않았다. 오죽했으면 자기를 죽이고 싶었을까 하는 생각까지 들었다. 장 선생이 그에게 잠바 앞섶을 헤쳐 보이며 말했다.

"어서 찌르게나. 한 가지만 약속해 주게. 그 칼에 묻은 피는 꼭 자네 손으로 닦아야 하네."

그자는 무척 놀란 얼굴이 되었다. 슬며시 칼을 내리더니, 고개를 숙이고 돌아서서 잰걸음으로 멀어졌다.

36

아침밥을 먹고 나니 기운이 좀 났다. 시내에서 보려던 다른 일들은 어느새 뒷전으로 물러났다. 장 선생의 마음은 이미 원주역에 가 있었다.

"얼굴이 좋지 않으세요."

아내는 장 선생이 외출할 채비를 하자 멍하니 바라보았다. 어떻게 해서든 남편을 집에 붙잡아 두고 싶은 눈치였다. 그래서 장 선생은 벙거지 모자를 쓰고 현관에서 구두를 신는 내내 뒷덜미가 근질거렸다.

마당까지 따라 나온 아내가 또 말했다.

"집에서 하루 쉬지 그러세요?"

"일을 마치는 대로 돌아오리다."

장 선생은 달아나듯이 종종걸음 치며 대꾸했다. 집을 나서 골목 저만치 가서야 걸음을 늦추었다.

장 선생은 아내 생각을 하면 미안하다는 말밖에 나오지 않았다. 처음 만났을 때 아내에게 앞으로 오직 교육에만 힘쓰겠다고 약속했다. 그러나 정치에 뜻을 두고 민의원에 두 번이나 출마하며 그 약속을 어겼다. 선거 유세에서 한 말이 빌미가 되어 감옥에 들어갔을 때, 아내는 둘째 아이를 낳은 지 얼마 안 되었다. 젖먹이를 등에 업고 사흘에 한 번꼴로 남편을 면회하러 원주에서 서울까지 먼 길을 오갔다.

장 선생은 다른 사람들에게 들어, 그즈음에 아내가 밥벌이를 하느라 얼마나 몸 고생 마음고생을 많이 했는지 잘 알고 있었다. 춘천에 교사 자리가 나서 면접을 보러 갔을 때도 그랬다. 남편이 좋지 않은 일로 감옥에 간 걸 뒤늦게 알게 되었다며 없던 일로 하자는 말을 듣고 돌아섰다. 그때 아내가 느꼈을 부끄러움과 당혹스러운 마음은 장 선생으로서는 감히 짐작하기도 힘들었다.

그 뒤에 아내는 갓난아기를 서울 친정집에 맡겨 놓고 재봉틀을 돌려 옷 만드는 미싱공으로 일했다. 길에서 우연히 만난 서울사범대 동창생들은 대놓고 아내에게 손가락질했다. 서둘러 지나치는 아내의 등 뒤에서 그들이 빈정대는 소리가 날아왔다.

"좋은 데 시집가 편히 살 것이지, 저게 무슨 꼴이람."

"누가 아니래? 눈이 잘못되어 빨갱이 남편을 두는 바람에 저

고생이라니까."

아내는 장 선생에게 싫은 소리를 한 적이 없었다. 날마다 손님을 맞는 일이 지겹고 힘들다거나, 어디 가서 돈 좀 벌어 오라거나, 그런 말을 하지 않았다. 오직 남편이 잘되기만을 바랐고, 잘되라고 말했으며, 잘되고 있냐고 물었다.

여느 날처럼 오늘도 장 선생은 원주역까지 걸어가는 사이에 아는 사람을 많이 만났다. 그들과 인사를 나누고 이런저런 이야기를 주고받은 뒤에, 또 걷고 다시 멈추어 이야기를 나누다 보니 어느새 원주역에 이르렀다.

장 선생은 역 앞에 있는 식당들과 역사 안의 매점을 두루 들렀다. 가게 주인들과 검표원과 청소부들이 장 선생의 건강을 걱정했다.

"또 나오셨네요. 무척 고단해 보이세요."

"괜찮습니다. 바람 쐴 겸 한 바퀴 둘러보려고요."

"얼굴이 많이 상하셨어요. 누가 그랬는지 아직 못 알아내셨나요?"

"예, 그게 간단치 않군요."

역 앞에 선 단풍나무 두 그루는 며칠 전에 비가 온 뒤로 잎이 부쩍 시들었다. 여느 날처럼 부랑자들이 아무렇게나 신문지를 깔고 눕거나 비스듬히 앉아 있었다.

장 선생이 단풍나무 아래로 들어가 손바닥으로 허공을 누르며, 자기를 보고 일어나려는 이들에게 말했다.

"괜찮습니다. 편히 쉬고 계세요. 오늘은 잠깐 있다가 가겠습니다."

화단 모서리에 앉아 바닥에 뒹구는 신문지를 집어 들었다. 기사 몇 개를 읽었을 때였다. 누군가 가까이 다가오더니 고개를 꾸벅 숙였다.

장 선생은 아, 바로 이 친구로구나 하는 생각이 퍼뜩 들었다. 혼수 준비금을 훔쳐 간 이동철이라는 이가 앞에 서 있었다. 장 선생은 지금껏 그가 제 발로 나타나기를 기다렸다.

동철이 쭈뼛거리며 말했다.

"조용한 데서 드릴 말씀이 있습니다."

"예, 그럽시다."

장 선생은 동철을 데리고 역전식당으로 갔다. 식당으로 들어가 구두를 벗고 안쪽 자리에 올라 동철과 마주앉았다.

"형님 오셨어요? 밥은 좀 기다리셔야 되는데요."

반가이 인사하는 식당 주인 박 사장에게 장 선생이 말했다.

"얘기 좀 나누고 가려 해요. 커피 두 잔만 주면 고맙겠어요."

마주앉은 동철은 고개를 못 들었다. 아주 작고 마른 사내였다. 그보다 곱절로 덩치가 큰 사람이 원주에만 해도 몇 백 명은 될 듯했다. 장 선생은 그에게 아내와 아들이 있다던데, 저 덩치에 식구들을 먹여 살리는 일이 얼마나 고달플까 싶었다.

"그래, 무슨 얘기인지 들어 봅시다."

동철이 어깨에 메고 온 가방을 열었다. 보자기 속에 흉측한 동물이라도 들어 있는 듯 두 손이 바들바들 떨렸다. 동철은 보자기를 풀고 돈을 꺼내 탁자에 놓았다. 고개를 숙이고 꼼짝도 하지 않았다.

얼마 만에 동철이 고개를 조금 들어 장 선생의 가슴께를 바라보았다. 그때를 기다려 장 선생이 동철에게 말했다.

"참으로 어려운 마음을 내셨군요."

동철이 모깃소리로 대꾸했다.

"좀 모자랍니다. 추석 때 꺼내 썼어요."

커피가 와서 이야기가 끊겼다. 두 사람은 입으로 후후 불어 가며 커피를 마셨다. 장 선생의 머릿속에 두 여자가 떠올랐다. 이 돈을 애타게 기다릴 여인과 그 딸이었다.

동철이 보자기에 돈을 도로 싸서 가방 속에 넣었다. 장 선생 쪽으로 가방을 가만히 밀었다.

장 선생이 가방 손잡이를 쥐며 말했다.

"이따가 저녁때 시간 좀 내 줄 수 있겠어요?"

동철이 머뭇대다가 고개를 끄덕였다.

"예, 알겠습니다."

장 선생은 동철에게 다시 만날 장소와 시간을 일러 주고 일어났다. 무슨 일인지 알아채고 기다리던 박 사장과 함께 식당을 나서 택시를 잡아탔다.

37

중앙시장에서 다시 만난 쌀가게 주인 김정옥은 열흘 안쪽에 얼굴이 반쪽이 되어 있었다. 장 선생은 처음에는 그 여인이 누군지 못 알아볼 뻔했다. 눈 밑에 주름이 세 겹이나 잡혔다. 쑥 들어간 눈 둘레가 거무스름했으며, 어깨가 축 처졌고 키가 한 뼘 넘게 줄어들었다. 열 해가 아니라 스무 해쯤 더 늙은 할머니가 되어 있었다.

정옥은 퀭한 눈을 크게 뜨고 장 선생의 얼굴과 가방을 번갈아 바라보았다. 장 선생이 가방을 앞으로 내밀었다. 정옥이 가늘게 떨리는 손으로 가방을 받아들어 탁자에 내려놓았다. 가방을 열어 보자기를 꺼내 풀었다.

설마 했는데 진짜로 돈뭉치가 나오자 정옥은 윗몸을 뒤로 젖히고 입을 벌렸다. 돈을 잃어버린 줄 처음 알았을 때 외쳤던 소리가 터져 나왔다.

"어머나! 어머나!"

한참이나 온몸을 떨더니 탁자를 돌아 장 선생에게 다가섰다. 양쪽 뺨을 타고 주르륵 눈물이 흘러내렸다. 눈을 못 맞추고 두 손으로 장 선생의 손을 꼭 쥐며 울먹였다.

"선생님, 고맙습니다. 정말 고맙습니다."

소매로 눈물을 닦고 다시 얼굴을 들었다.

"그리고… 제가 잘못했습니다. 정말 잘못했습니다."

장 선생이 고개를 갸웃했다.

"부인께서 잘못한 게 뭐가 있나요? 운이 좋지 않아 벌어진 일이지요."

여인이 도리질했다.

"선생님께서 날마다 원주역에 가신다는 얘기를 전해 들었습니다. 그런데도 선생님께 가 보지 못했습니다. 정말 죄송합니다."

장 선생이 빙그레 웃었다.

"어쨌든 일이 잘 풀려 다행입니다."

겨우 마음을 가라앉힌 정옥이 대추차를 두 잔 내왔다. 장 선생은 박 사장과 나란히 의자에 앉아 차를 마셨다. 한결 낯빛이 풀린 정옥이 더듬더듬 말했다.

"선생님, 송구스럽습니다만, 한 가지 부탁을 더 드려도 될까요?"

장 선생이 선뜻 고개를 끄덕였다.

"예, 말씀해 보세요."

"우리 딸내미 혼인날, 주례를 서 주세요."

장 선생이 다시 선뜻 대꾸했다.

"예, 알겠습니다. 꼭 그렇게 하지요."

장 선생은 박 사장과 함께 쌀가게를 나섰다. 거리를 얼마만큼 걸었을 때 박 사장이 말했다.

"형님, 처음부터 일이 잘 풀릴 거라고 확신하셨지요? 그래서 날마다 원주역에 나오셨던 거지요?"

장 선생은 박 사장 말에 대꾸하지 않았다. 그저 웃어 보이며, 어서 걷자고 앞쪽을 손으로 가리켰다. 박 사장이 혼잣말하듯이 중얼거렸다.

"하여간 형님 배짱은 알아줘야 해요. 당최 험한 일을 마다하지 않으세요. 저 같으면 그런 일은 엄두도 못 냅니다. 그 세계 애들이 수틀리면 얼마나 사나운지 몰라요. 어디서 무슨 일을 당할지 모른다니까요."

장 선생이 일부러 놀란 표정을 지으며 박 사장을 돌아보았다.

"그런가? 미리 얘기해 주지 그랬나."

"미리 말씀드렸다면 어떻게 하셨을까요?"

"그래도 원주역에 나갔겠지."

두 사람은 동시에 하하하 웃음을 터뜨렸다.

박 사장은 역전식당으로 돌아갔고, 장 선생 혼자 오랜만에 빛남신협 건물에 들렀다. 이번 일이 생기기 전에는 하루건너 들르던 곳이었다. 도농 직거래 조직인 큰살림을 열 준비로 한 칸 빌려 쓰는 사무실에서 몇 가지 밀린 일을 보았다.

점심때가 지난 지 한참 되어 몹시 출출했다. 거리로 돌아나간 장 선생은 잘 아는 식당에 갔다. 그곳에서 칼국수를 한 그릇 사 먹었다. 주인 부부는 장 선생이 그동안 무슨 일 때문에 원주역에 갔는지 잘 알고 있었다. 장 선생이 일이 잘 풀렸다고 얘기해 주자 무척 기뻐했다. 부부가 번갈아 장 선생의 손을 잡고 흔들었다.

"선생님, 멋져요!"

칼국수 집을 나선 장 선생은 따사로운 볕을 즐기며 터벅터벅 걸었다. 제자가 운영하는 서예실에 갔더니 문이 걸려 있었다. 장 선생은 따로 열쇠를 갖고 있어 언제든지 서예실에 드나들 수 있었다. 안으로 들어가 한지를 펴고 먹을 갈고 붓을 들었다. 부드럽게 웃는 얼굴의 난초 석 점을 쳤다.

하나는 시내에 꽃집을 새로 연 가까운 이에게 선물할 난이었다. 또 하나는 큰 수술을 하고 집에 누워 지내는 집안어른한테 드릴 생각이었다. 나머지 하나는 엊그제 밤길에 집까지 데려다준 영수에게 줄 난이었다.

장 선생은 감사드릴 사람이 많아서 행복했다. 늘 받기만 하다가 드릴 게 있어 오늘은 더욱 행복했다.

38

저녁때 시청 건너편 식당에서 장 선생은 이동철을 다시 만났다. 두 사람은 삼겹살을 구워 소주를 몇 잔 나누었다. 동철은 장 선생에게 지금껏 살아온 이야기를 들려주었다. 가족 이야기를 할 때는 눈에 물기가 어렸다. 소원이 있다면 아내의 지병이 낫는 것이라고 했다. 아들을 잘 키우고 싶은 꿈도 곁들였다.

"꼭 꿈을 이루게 되길 바라요."

장 선생이 술병을 앞으로 들고 말했다. 동철은 두 손으로 잔을 들어 술을 받았다. 옆으로 고개를 돌리고 잔을 비웠다. 고기 한 점을 상추에 싸서 꼭꼭 씹어 먹었다. 물을 한 모금 마신 뒤에 비밀을 털어놓듯이 작게 말했다.

"어제 처음 선생님 말씀을 가까이서 들었습니다.."

"아, 그랬군요."

"아주 재미나게 얘기하셔서, 참 좋았습니다."

동철이 두 손으로 술병을 들었다. 남은 술을 장 선생의 잔에 따라 주었다.

장 선생이 동철의 잔에 자기 잔을 부딪치며 말했다.

"앞으로 모든 일이 술술 잘 풀리기 바랍니다."

"고맙습니다, 선생님."

장 선생은 술잔을 비우고 떠날 채비를 했다.

"족발을 싸 달라고 했으니까 곧 가져올 거예요. 집 식구들 드시게 하세요."

"선생님, 그만 가시게요?"

동철이 눈을 동그랗게 뜨고 서둘러 말했다.

"저를 혼내려고 다시 보자는 줄 알았어요."

장 선생이 고개를 가로저었다.

"아니에요, 내가 혼낼 일이 뭐가 있겠어요."

장 선생이 자리에서 일어나 구두를 신었다. 동철이 뒤따라 구두를 신으며 말했다.

"선생님, 제가 계산하겠습니다."

장 선생이 손을 내저었다.

"미리 계산했어요."

장 선생은 동철에게 돌아서서 두 손을 꼭 잡았다가 놓았다. 문을 열고 밖으로 나가기 전에, 끝으로 몇 마디를 남겼다.

"정말 미안하게 되었어요. 영업을 방해했으니 말이에요. 오늘 고기와 술은 내가 사과하는 뜻에서 사는 것이에요. 부디 나를 용서하시고, 집에 잘 돌아가세요."

39

어느새 날이 어둑해졌다. 참 기분 좋고 상쾌한 밤이었다. 가을바람이 그다지 차갑지 않았다. 마치 시원하면서도 훈훈한 봄바람처럼 느껴졌다. 장 선생은 이렇게 대기가 부드러울 때는 하염없이 걷고 또 걷고 싶어졌다.

"콧노래가 절로 나온다는 말이 무슨 말인지 알겠네."

맘대로 곡조를 지어 노래를 불렀다.

"흠흠흠… 흠흠흠흠… 흠흠… 흠흠흠."

시내에서 쌍다리로 원주천을 건너면 나오는 봉산동 둑방길이었다. 장 선생이 바깥일을 보고 집에 돌아갈 때마다 지나는 곳이었다. 찌르르 찌르르 하고 풀벌레 울음소리가 들려왔다.

장 선생은 언제나 풀벌레 소리를 들을 때면 흠칫 놀랐다. 작은 미물이 들려주는 거짓 없는 소리였다. 그 소리에 문득 부끄러워지면서 그날 일을 돌아보곤 했다.

발 아래 자라는 풀들도 마찬가지였다. 풀들은 잘난 척하는 법이 없었다. 사람들 발에 짓밟혀 구멍이 나고 흙이 묻더라도, 사람들에게 화를 내지 않았다. 그저 의연하게 대지에 뿌리를 내리고, 낮에는 나비와 벌과 하루살이 같은 날벌레들, 밤에는 하늘의 달과 별들과 소곤소곤 이야기를 나누었다. 장 선생에게 풀들은 벗이면서 동지이고 큰 스승이었다.

어느덧 이슬에 젖는 모든 풀들이 원주천 너머 시내에서 날아오는 불빛에 반짝거렸다. 구름이 걷히며 하늘 여기저기에서 별들이 돋아났다. 오리온자리에서 사수는 활을 당기고, 전갈자리에서 전갈은 집게발을 높이 들었다.

장 선생은 다시 목청을 가다듬고 흥얼거렸다.

"땅에서도 이슬, 하늘에서도 이슬이 반짝이네."

하늘에는 영광, 땅에는 평화라는 말이 떠올랐다. 저 하늘은 온 땅이 평화롭기를, 만물이 서로를 아끼고 사랑하기를, 인간이 인간을 미워하고 해치는 일이 없기를 바랐다. 그것이 하늘에 영광이 되는 일이기도 했다.

때는 1983년 9월 26일 오후 여덟시 반, 추석에서 엿새가 지난 화요일 밤이었다. 아름답고 고요한 가을밤은 무엇보다 마음이 외롭고 가난한 사람들, 그리고 그들이 서로 어울려 사는 고을을 포근하게 감싸 안았다.

집으로 들어가는 골목이 저만치 다가올 때, 장 선생은 가슴을 활짝 펼쳤다. 별들을 올려다보며 노래하듯이 중얼거렸다.

"오늘은 오랜만에 잠을 푹 자겠네요. 여러분도 모두 이 밤 편히 쉬시길!"

해설

작가의 말

봉산동 둑방길, 화요일 밤의 풀벌레 소리

정홍수 문학평론가

고대 서사시 혹은 영웅 설화의 기억을 뒤로한 채 근대의 소설은 장삼이사의 범속한 현실에서 인간의 자기 이해를 향한 이야기의 여정을 새로이 시작했다(소설을 일컫는 '노블novel'은 '새롭다'는 뜻이기도 하다). 소설의 발생과 함께 고귀한 인물과 비천한 인물을 나누던 문학적 스타일의 위계는 허물어지면서 욕망과 감정의 표현에서 차별 없는 언어의 표현이 가능해졌고, 그렇게 도래한 문학의 새로운 공화국은 길게 보면 인간 역사의 진전이 이루어 낸 민주주의의 점증적 심화, 자립적이고 주체적인 개인에 대한 의식의 확대와 나란히 놓이는 것이기도 했다.

원재길의 신작 장편 〈장 선생, 1983년 9월 원주역〉에 대한 이야기의 들머리를 조금은 뜬금없이 근대소설의 발생적 토대에 대한 회고로 시작해 보는 이유는, 이번 작품을 읽고 난 뒤 자연스레 제기되는 질문 때문이다. 이 작품의 앞에는 누구나 품을 법한 질문을 의식한 듯 작가가 써 둔 말이 있다.

(이 작품은—인용자) 원주 사람 장일순(1928~1994)의 삶에 감동하여 쓴 소설이며 모든 사건과 등장인물은 허구입니다.

사실 작품에 나오는 '봉산동 장 선생'을 소설 밖의 실존 인물을 떠올리지 않고 읽어 나가기는 어렵다. 그리고 작가는 그렇게 해도 무방하다고 친절하게 알려 주고 있는 셈이다. '원주 사람 장일순'은 6, 70년대 반독재 민주화 운동과 지역 신협 운동, 그리고 그와 함께 70년대 중후반부터 움터 오른 '생명 사상' 및 그 실천으로서의 '한살림 운동'의 태동과 분리될 수 없는 고유명이자 이제는 하나의 보통명사의 자리에까지 이른 이름이다. '원주 사람'이라는 에피셋epithet이 장일순의 삶을 요약하는 가장 진실하고 아름다운 찬사라는 것도 얼마만큼 알려져 있다. 그는 자신을 품어 준, 자신이 모신 땅과 하늘을 떠나지 않았고, 그가 영육으로 아는 그 진실만큼의 삶을 산 듯하다.

그러나 어떻게 해도 '원주 사람 장일순'은 큰 이름으로 우리에게 육박해 온다. 그가 스스로를 진실되게 낮춘 만큼, 우리 역시 그를 낮게 바라보고 만나기는 생각만큼 쉽지 않다. '나락 한 알 속의 우주'는 늘 모든 나락의 이야기가 되기보다 종종 장일순의 삶과 말이라는 옷을 빌려 그렇게 된다. 이 또한 우리가 받아들여야

할 진실일 테지만 말이다.

작가 원재길은 '원주 사람 장일순'을 '봉산동 장 선생'으로 고쳐 부르는 데서 길을 찾은 듯하다. 그것은 또한 왜 지금 '원주 사람 장일순'을 이야기하는 데 '소설'이란 형식이 필요한가 하는 우리의 질문에 대한 대답이기도 할 테다. 생각해 보면 '봉산동 장 선생'이란 호칭은 실제 장일순과 길에서 인사를 나누고 장일순의 집을 무시로 찾던 동네 사람들의 입에 자연스럽게 붙은 말이기도 하겠지만, 장일순 자신 '두 벌의 잠바', '네 벌의 바지', '코트 한 벌', '구두 두 켤레', '고무신 한 켤레', '벙거지 모자 다섯 개'로 살아가며 스스로 권력과 위계, 장식과 치레의 바깥에서 '좁쌀 한 알[一粟子]'이 되고자 한 삶의 꼴과 지향에도 부합하는 이름이다. 소설은 앞서도 말했지만 '작고 범속한 이야기'에서 인간 진실을 말하려고 한다.

원재길은 '작은 이야기 마당'에서 장일순의 삶이 주는 감동과 향기에 다가가는 형식을 찾는다. 그러면서 원재길은 장일순의 생애 전체와 대면하고 거기서 자신의 이야기를 근사하고 거창하게 길어 내려는, 충분히 품을 수 있는 마음을 다시 낮출 수 있었지 싶다. 원재길의 소설이 다루는 장 선생의 삶은 '1983년 9월', 정확히는 추석 전날부터 추석 뒤 일주일째 되는 날까지의 여드레의 시간, 원주 봉산동과 원주 역전의 이야기일 뿐이다.

그리고 원재길이 찾아낸 형식으로서의 '작은 이야기 마당'은 원주 역전 단풍나무 아래에서 장 선생이 주민들과 함께 나누는 실제·상상의 '이야기 마당'으로부터 옮겨온 것이기도 하다.

> 장 선생이 원주역 앞에서 이야기보따리를 푼 지 닷새가 지났다. 오늘도 많은 청중이 단풍나무 밑에 모였다. 모두 스물대여섯 명이었다. 앞쪽 청중은 바닥에 앉고 뒤쪽 청중은 바로 섰다.
>
> 장 선생은 때로는 진지하게, 또 때로는 신바람을 내며 이야기를 들려주었다. 두 손을 들어 물결치듯이 흔들 때는 덩실덩실 춤을 추는 듯했다. 중요한 대목을 말할 때는 오른손 검지로 허공을 쿡 찔렀다. 모든 몸짓이 이야기의 흐름과 박자가 아주 잘 맞았다. 넘실대고 출렁이다가 구비를 도는 강물처럼 이야기는 끝없이 흘러갔다. (165쪽)

혹은 그것은 일 년 열두 달 사립문 활짝 열어 놓은 장 선생 집의 노간주나무 울타리 너머로 이웃들과 나누는 아침 인사 자리거나, 장 선생의 세 평 서재로 찾아온 사람들의 이야기를 들어 주는 자리거나, 서재에서 서화 몇 점을 쓰고 그린 뒤 잠바에 벙거지 쓰고 나간 바깥나들이 길에서 마주치는 아무나와 나누는 대화의 마당이기도 하다. 거기서 오가는 말들은 일상의 안부로부터 '선생이 제자에게서, 의사가 환자에게서 배우는 역전의 순간'과 같은 작은 깨우침, 또는 '생이불유(生而不有)'와 같은 노자의 말에 대한 풀이, 사람·풀·벌레 등 모든 생명체의 동등성, 밥 한 그릇에 담긴 우주에 이르기까지 여러 층위에 걸쳐 있다. 그러나 어쩌면 그 말들이 가리키고 의미하는 것은 말들이 저마다의 자리에서 서로에 대한 공경과 모심의 마음으로 일어나고 있다는 사실만큼 중요한 것은 아닐 테다. 원재길이 '장 선생'의 삶을 이해하고 상상하는 마음은 정확히 이 어름에서 이야기를 나누고 풀어낼 때 그이의 '춤을 추는 듯한 손짓'에 담긴 기쁨과 천진함을 바라보려 한다.

그래서일까. 원재길은 자신의 글 또한 기쁨과 천진함의 자리에서 씌어지기를 바랐던 것 같다. 소설의 문장은 간결하고 담백하고 정확하게 '장 선생'의 걸음과 몸짓을 향해 나아가되, 곳곳에서 천진한 유머를 뿜어낸다. 아마도 녹록치 않은 세상에서 '웃음'은 선생 스스로 자신을 가벼이 놓아두려는 방편이었을 수도 있겠지만, 원재길은 자칫 소설이 무거워지고 심각해질 수 있는 대목에서 그 '웃음'을 빌려온다. 가령 안기부 직원 김문일이 장 선생의 대화를 도청한 내용은 이렇게 기록된다.

추석 전날 저녁때가 다 되어, 어떤 아낙네가 우리 집으로 나를 보러 왔더군. 아, 글쎄, 원주역에서 소매를 뜯겼다지 뭔가. 나한테 도와달라기에 이렇게 소매를 뜯어간 이를 찾으러 왔네. (80쪽)

선생의 도움으로 곡식 도매상을 하고 있던 김정옥은 추석 전날 서울에서 수금한 큰돈을 원주역에서 소매치기 당하는데, 그 돈은 결혼을 앞둔 딸의 혼수 준비금이었다. 소설 〈장 선생, 1983년 9월 원주역〉은 바로 그 잃어버린 돈을 되찾기까지 일주일여의 이야기인데, 안기부 직원의 부실한 도청 녹음에서는 말이 일부 뜯겨 나가면서 '소매치기'를 당한 일이 '소매를 뜯어간' 것으로 탈바꿈되고 만 것이다.

이어지는 도청 녹음은 '큰살림(한살림)' 운동에 대해 주고받는 장면인데, 여러 이야기가 뒤섞이면서 다성성(多聲性)과 대위법(對位法)이 넘쳐나는 흥겹고 우스운 말의 향연으로 바뀐다. '큰살림'이 선생의 삶이나 사상의 궤적에서 차지하는 자못 깊은 의미를 생각해 볼 때, 이 뒤섞임의 대비가 이루어 내는 '웃음'의 자리는 일견 아슬아슬하고 과감한 느낌마저 준다.

"노세, 노세, 젊어서 노세. 우리도 노새 한 마리 키워 볼까?"

"좋지요. 조랑말도 좋고요. 조직이 탄탄해지고 일정한 소득이 보장되면, 전국에서 비슷한 조직이 많이 생기겠어요."

"쌀과 잡곡뿐 아니라 다른 농작물도 많이 팔게 되겠지. (아주 잡음이 심함.) 자네는 콩떡이 맛있나, 팥떡이 맛있나?"(81쪽)

그러나 독재정권의 폭력적이고 천박한 감시가 '큰살림'의 이야기를 토막 내어 전하게 만든 아이러니 속에서 그 운동은 뜻밖에도 거창하지 않게 낮은 자리에서 꾸려 가는 살림과 공생의 진의를 살짝 드러낸다. 그러면서 '독재'라는 정치적 억압의 강력한 축을 '큰살림' 밑으로 슬그머니 주저앉힌다.

작품 내에서도 여러 차례 환기되지만 소설의 시간적 배경인 1983년은 참혹한 피로 물든 광주 민주화 항쟁으로부터 얼마 지나지 않은 때다. 많은 이들이 선생을 찾아와 원주에서 투쟁의 불길을 다시 일으켜 주길 청하고 압박한다. 선생은 '변절자'라는 말을 감수하면서도 '절대로 원주가 피바다가 되는 일을 허락할 수 없'(132쪽)다고 말한다. 안기부의 보고서를 소개하는 방식으로 되어 있는 다음 대목은 소설에서 가장 가슴 아픈 장면이자, 70년대에는 '무위당(无爲堂)'으로 80년대에는 '일속자(一粟子)'로 스스로를 낮추며 살아 내고자 한 당신의 깊은 마음을 어떤 막막함과 경외 속에서 헤아리게 만드는 순간이기도 하다.

> 어느 날 그가 식당에서 밥을 먹는데, 옆자리에 있던 사내들이 손가락질하며 비웃었어요. 한때 그를 스승으로 받들며 따랐던 젊은이들이었어요.
>
> "밥이 목으로 넘어가는 걸 보면 속이 무척 좋은 모양이에요. 그처럼 추하게 늙어가는 거, 정말 보기에 안 좋아요."
>
> 장 선생은 꿈쩍도 하지 않고 느릿느릿 밥을 다 먹었어요. 젊은이들에게 고개를 꾸벅 숙이고 말했어요.
>
> "미안합니다."(133-134쪽)

작가 원재길은 선생이 '느릿느릿 밥을 다 먹은 뒤' 자신을 향해 손가락질을 하는 젊은이들에게 '고개를 꾸벅 숙이는' 지점에서 그 막막한 헤아림 속으로 우리를 초대한다. 이때 '미안합니다'라는 한마디는 천금의 무게로 우리에게 다가온다. 소설 〈장 선생, 1983년 9월 원주역〉 전체가 그러하지만, 어떠한 작가적 논평도 앞세우지 않고 선생의 인간됨, 마음의 깊이를 보여주는 인상적인 장면이다. 민주와 자유를 위한 투쟁에도 여러 길과 방편이 있을 수 있다면, 좀더 긴 호흡으로 생명과 비폭력을 생각하는 선생의 마음자락이 여기 아무런 변명도 없는 '고개 숙임'과 '미안합니다'의 어간에 흐르고 있었을 것이다.

김지하 시인은 〈말씀〉이란 시에서 '하는 일 없이 안 하는 일 없으시고/달통하여 늘 한가하시며 엎드려 머리 숙여/밑으로 밑으로만 기시어 드디어는/한 포기 산속 난초가 되신 선생님'이라고 노래한 바 있지만, 〈장 선생, 1983년 9월 원주역〉의 선생은 정말 '하는 일 없이 안 하는 일 없으'신 가운데 부지런히 또 한가하게 밑으로 밑으로만 다닌다. 딸의 혼수 준비금을 소매치기 당한 김정옥은 하늘이 무너지는 암담함 속에 있다가 문득 한 사람의 얼굴을 떠올린다.

> 부드럽게 미소 짓는 얼굴이었다. 정옥이 지금 서 있는 봉산동에 사는 사람이었다. (21쪽)

소설은 그렇게 정옥이 봉산동의 장 선생을 찾아가는 이야기로부터 시작되는데, 경찰도 잡기 힘든 소매치기를 장 선생이 무슨 수로 찾아낸단 말일까. 매일 아침 서재로 출근해 한 시간 남짓 책을 읽고는 무시로 찾아오는 손님들을 맞아 — 많을 때는 예닐곱 번에 나누어 모두 서른 명 넘게까지 찾아온다 — 함께 밥을 먹고 이런저런 이야기를 들어 주는 것은, 정말 무언가를 하는 일일까, 아무 일도 안 하는 것일까. 장 선생은 김정옥의 안타까운 이야기를 듣고는 한참의 침묵 뒤에 '제가 도울 일이 있나 알아보겠습니다'(34쪽)라고 말하는데, 정말 무슨 길이 있는 것일까. 그리고 우리가 보게 되는 것은 원주 역전으로 매일 출근하여 펼치는 선생의 이야기 마당이다.

선생이 풀어내는 이야기보따리도 그리 대단한 것이 아니다. 가령 '누가 작대기를 휙휙 휘두르면 모가지를 곧게 세운 사람이 얻어맞을까요, 아니면 자라목을 하고 잔뜩 웅크린 사람이 얻어맞을까요?' 하고 선생이 물으면 '모가지 세운 사람이오!'(91쪽) 하고 누군가 대답하는 식이다. 이것은 무언가를 하는 것인가? 그런 틈틈이 선생은 소매치기에 대해 조용히 수소문을 한다. 그렇다고 해서 소매치기를 한 자가 쉽게 뉘우치며 나설 이치는 없다. 그런데 무슨 일이 일어난다! 소설을 읽게 될 독자들을 위해 마땅히 이야기의 결말은 아껴 두어야 할 터인데, 우리는 선생의 입으로 발설되는 '미안하다'는 말을 다시 한 번 듣게 된다.

"정말 미안하게 되었어요. (…) 부디 나를 용서하시고, 집에

잘 돌아가세요."(214쪽)

앞과는 조금 다른 맥락이지만, '하는 일'과 '안 하는 일'의 경계가 짐짓 지워지는 것처럼 우리는 '미안하다'고 말하며 '엎드려 머리 숙이는' 일이 '나'와 '남' 사이의 담과 문턱을 낮추고 마침내 한 생명과 한 생명 사이의 교환(交歡)으로 열리는 작은 기적 앞에 도착한다. '모신다'는 것은 스스로와 남을, 세상 미물을 함께 모신다는 것임을 우리는 잘 모르는 채로 헤아리게 된다. 소설은 봉산독둑방길을 콧노래를 부르며 걸어가는 선생의 모습으로 끝난다. 찌르르 찌르르, 풀벌레 소리가 들려온다.

장 선생에게 풀들은 벗이면서 동지이고 큰 스승이었다. (215쪽)

그러니 우리는 아주 작고 작은 이야기 한 자락을 겨우 들었을 뿐이다. 원재길은 그 이야기를 마치 귀와 코, 눈이 모두 큼직한 장 선생이 들려주는 듯 푸근하고 낮은 목소리로 옮긴다. 그래서인가. 이상하게 마음이 환해지고, 오래 생각에 쟁여 두고 싶어진다. 1983년 9월 26일 저녁 여덟시 반, 추석에서 엿새가 지난 화요일 밤의 풀벌레 소리가 들리는 듯하다. 그 끊어지고 이어지는 긴 풀벌레 소리의 울림이 원재길이 이번 소설에서 ‘하는 듯 하지 않은 듯’ 이루어 낸 일일 테다.

작가의 말

원주, 하면 많은 이들이 떠올리는 가장 이름난 분이 박경리와 장일순이다. 언젠가는 소설에서 두 분을 다루고 싶었는데, 먼저 장일순의 '생각'을 담은 소설을 내게 되었다.

왜 '생애'가 아니라 '생각'을 담았다고 말하느냐 하면, 이 소설은 허구이며 모든 사건들이 지어낸 것이기 때문이다. 따라서 이 소설을 읽고는 어떤 특정한 사건을 짚으며 '어휴, 언제 그런 일이 있었다고 그래? 순 거짓말이야' 하고 말한다면, 그것은 지극히 옳은 말이다.

생전에 장일순은 '살아 있는 노자'로 불렸으며, 노자의 말을 온몸으로 보여주었다. 가령 이 대목을 보자.

> 나에게 보물이 셋 있어 소중히 지닌다. 하나는 사랑이고, 또 하나는 검약이며, 다른 하나는 우쭐대며 사람들 앞에 나서지 않는 것이다.

이는 노자가 한 말인데, 세 단어가 큰 울림으로 다가온다. 사랑, 검약, 겸손.

장일순 역시 이 단어들을 가슴에 담고 되새기며 일생을 살았다. 그리하여 이 소설은 노자의 보물이 어떻게 장일순의 손에 들어갔는지, 그리고 장일순이 어떤 식으로 이 보물을 동시대 이웃들과 나누었는지 추적하기를 통해, 우리가 이 세상을 살며 구현해야 하는 덕목과 가치를 살피는 작업이 된다.

이 소설을 쓰는 동안 많은 분들에게서 도움을 받았다. 한 분만 꼽으면, 한창 자료를 모으던 2012년 여름에 불청객을 집 안에 들여 세 시간 가까이 남편 장일순 이야기를 재미나게 들려주신 이인숙 여사님이다. 그분은 마지막으로 이런 말씀을 하셨다.

"평범하게 살다 가신 분이에요. 책에서 따로 다룰 게 뭐 있겠어요?"

그때 나는 여사님한테서 무척 겸연쩍어 하며 머쓱한 얼굴로 웃는 장일순을 보았다. 그런 분들이 살았던 곳이어서 나는 이 세상이 좋다.

2020년 초여름

원주 봉림산 자락에서

원재길

원재길

시인, 소설가, 화가. 서울에서 태어났으며 연세대와 대학원에서 한국사와 국문학을 공부했다. 장편소설 <궁예 이야기>, 소설집 <달밤에 몰래 만나다>, 시집 <나는 걷는다 물 먹은 대지 위를>, 그림소설 <한잠순은 왜 나무 아래 잠들었나> 등 열두 권의 시집과 소설책을 냈다. 2020년 7월에 첫 그림 개인전을 열었으며, 강원도 원주에서 스무 해째 살고 있다.

장 선생, 1983년 9월 원주역

발행일	2020년 7월 31일 초판 1쇄
지은이	원재길
디자인	원새록
편집	이상희
펴낸이	원재길
펴낸곳	단강
등록	2017년 11월 6일 제 419-2017-000023
주소	강원도 원주시 부론면 사기막길 388
전화	033-761-8796
전자우편	dan-gang@daum.net

ISBN 979-11-963225-4-0-03810

* 책값은 뒤표지에 적혀 있습니다.